사령왕 카르나크 6

2023년 11월 16일 초판 1쇄 인쇄
2023년 11월 21일 초판 1쇄 발행

지은이 임경배
발행인 강준규

기획 이기헌 왕소현 임동관 박경무 강민구 조익현
책임편집 백승미
마케팅지원 이원선

발행처 (주)로크미디어
출판등록 2003년 3월 24일
주소 서울시 마포구 마포대로 45 일진빌딩 6층
Tel (02)3273-5135 **Fax** (02)3273-5134
홈페이지 rokmedia.com **E-mail** rokmedia@empas.com

ⓒ 임경배, 2023

값 9,000원

ISBN 979-11-408-1406-0 (6권)
ISBN 979-11-408-1400-8 04810 (세트)

ROK
MEDIA
로크미디어

사령왕
카르나크

6

임경배 판타지 장편소설

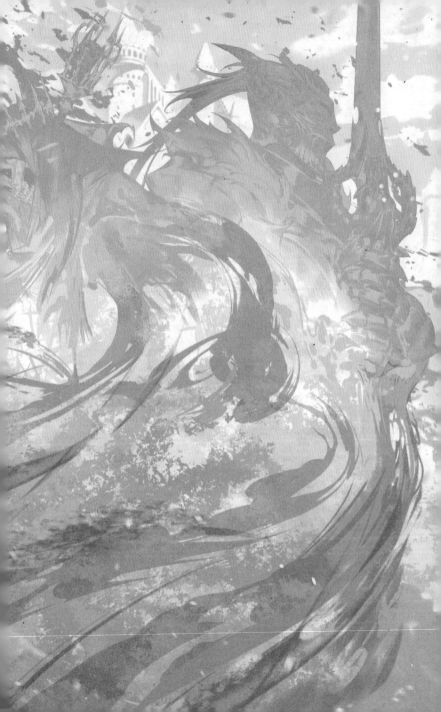

CONTENTS

사교도와 몬스터

그렌탈 영지 서쪽에 위치한, 바라칸트 산맥의 지류 중 하나인 갈란트산.

워낙 산세가 험하고 마물들의 출현도 잦아 정규 교역로 외의 지역은 인간의 발길이 극히 드문 곳이다.

용맹한 사냥꾼이나 거친 삶을 사는 벌목꾼들도 감히 여기까지는 발길을 디디지 않는다.

그 험준한 산속을 5명의 남녀가 걷고 있었다.

마법사의 로브를 걸친 흑발의 청년과 법복을 입은 20대의 신관, 중갑으로 무장한 남녀 기사와 경장갑을 걸치고 장검을 허리에 찬 잿빛 머리의 어린 소녀까지.

무장을 단단히 갖춘 카르나크 일행이었다.

이번엔 라피셀도 데리고 온 것이다.

길을 걷다 말고 알리우스가 세라티에게 속삭였다.

"정말 괜찮은 겁니까?"

이번 임무는 단순한 여행이 아니다. 사교도로 의심받는 제국 귀족을 쫓는 위험한 일인 만큼 어떤 상황을 마주할지 알 수 없다.

그래서 여태까진 전투 상황에선 라피셀을 따로 떼어 놓고 행동했는데, 이번엔 어쩐 일인지 카르나크가 그녀까지 동행시킨 것이다.

"아직 어린아이에게 너무 위험한 일이 아닌지……."

세라티가 차분히 대꾸했다.

"라피셀은 제 제자입니다. 무인의 길을 걷는 이가 언제까지고 안전한 곳에만 머무를 수는 없지요."

알리우스는 여전히 걱정스러운 얼굴이었다.

"그건 알고 있습니다만……."

제자의 양육 방식은 스승의 영역, 외부인이 왈가왈부하는 것은 매우 큰 실례다. 또한 자신의 임무에 종자를 데리고 다니는 기사는 매우 흔하다.

그러니 원칙적으로는 전혀 문제가 없다.

그래, 문제는 없는데…….

'제자 삼은 지 두 달도 채 안 되었다며? 그사이에 검술 익혀 봐야 얼마나 익힐 수 있다고?'

단순히 라피셀에 대한 걱정만이 전부가 아니다.

만약 저 아이 때문에 발목이 잡혀 다른 일행도 위험에 처한다면?

이에 대한 세라티의 반응은 단호했다.

"삶도 죽음도 그 아이의 몫, 그리고 제자를 책임지는 것은 스승인 제 몫입니다. 알리우스 씨가 신경 쓰실 필요는 없어요."

"……알겠습니다."

아마도 이 일이 알리우스의 임무라면 절대 허락하지 않았겠지.

그러나 이는 카르나크가 주도한 일이었다.

대외적으로야 저들이 알리우스의 협력자로 되어 있지만, 실제로는 킹스 오더의 임무에 알리우스가 협조하는 상황이다.

그런 카르나크가 라피셀의 동행을 허락했다면 그 판단을 믿는 수밖에.

'그래, 세라티 경이 그렇게 무책임한 사람은 아니니까.'

납득하며 알리우스는 다시 눈앞의 산세를 살펴보았다.

드넓은 산세와 험준한 골짜기, 그리고 아름다운 숲으로 뒤덮인 곳이었다. 경치 하나는 참으로 끝내주게 좋았다.

"그러니까……."

뒤를 돌아보며 그는 다시 한번 확인했다.

"여기 어딘가에 사교도들이 숨어 있을 가능성이 높다는 거죠?"

그렌탈 백작령을 둘러보며 카르나크가 느낀 이질감은 이 것이었다.

"지나치게 평온하더군요."

얼핏 문제는 없어 보인다. 영지가 평온하면 좋은 일이니 까.

하지만, 조금만 생각해 봐도 이는 어색한 일이었다.

"왜 평온하죠?"

카르나크의 영지, 제스트라드 남작령은 몬스터들의 영역 카오틱 노스의 경계인 제덴 산맥을 끼고 있었다. 때문에 전 대 영주 시절엔 수시로 마물이 창궐해 영민들의 피해가 끊이 질 않았다.

피해가 줄어든 것은 구리 광산을 발견해 부자가 된 후였 다.

기사와 병사의 무장을 질적으로 높일 수 있게 되니 마물 사냥도 상대적으로 쉬워졌고, 덕분에 영민들도 평화롭게 살 게 되었다.

그렌탈 영지도 상황은 비슷하다.

바라칸트 산맥의 지류인 갈란트산과 인접한 탓에 수시로

마물들이 내려와 많은 피해를 내곤 했다.

피해가 사라진 것은 휴델 백작이 영주가 된 후.

휴델은 놀라운 수완으로 영지를 다스려 영민들에게 평화를 주었다고 했다.

"이게 좀 이상합니다."

행방불명이 된 자가 없다? 그럴 수 있다. 영지를 잘 다스리면 말이지.

이유 없이 죽은 자가 없다? 마찬가지로 납득이 간다. 치안의 문제니까.

그런데 마물은?

영민들 모두가 입을 모아 말했다. 휴델이 영주가 된 이후 그렌탈 백작령은 마물들의 습격을 받지 않았다고.

"대체 어떻게 영지를 다스리면 마물들이 습격을 안 한단 말입니까? 유능한 영주가 마물들이랑 외교를 잘해서?"

평소 대비를 철저히 하여 쳐들어오는 마물들을 잘 막아 냈다면 이는 분명 유능함의 증거다.

그런데 아예 마물이 쳐들어오지 않게 만든다?

이건 유능함으로 해결할 수 있는 문제가 아니다.

"그리고, 사령술사들의 특기 중 하나가 바로 마물 조종이죠."

물론 아직은 근거 없는 넘겨짚기에 불과했다.

이 정도만으로 휴델이 사교도와 손잡았다고 볼 순 없었다.

"하지만 확인은 해 볼 수 있겠지요."

추측이 어긋나 봐야 그냥 며칠 공치는 것이 전부라 크게 손해 볼 건 없다.

하지만 진짜로 사교도가 숨어 있다면?

"꽤나 쓸모 있는 이야기를 들려줄지도 모르죠."

한나절을 더 이동했다. 이제 일행은 갈란트 산속 깊은 곳까지 들어선 상태였다.

우거진 숲속을 둘러보며 알리우스가 중얼거렸다.

"마물들의 서식지를 찾아야겠군요."

둥지를 찾아 마물들을 토벌한 뒤 사기의 흔적을 확인한다.

만약 사령술사와 관련되어 있다면 어떻게든 자취를 남겼을 것이다.

이런 알리우스의 계획에 카르나크가 반대 의견을 냈다.

"너무 오래 걸리지 않을까요?"

산림이 워낙 험준하니 둥지를 찾는 것도 쉽지 않다.

마법 중에 옵저버 같은 정찰용 구체를 띄우는 주문도 있긴 하지만, 하늘에서 살펴봐도 소용없긴 마찬가지다.

마물들이 제대로 된 건물을 올리는 것도 아니니 근접해 확인하기 전까진 주위 환경과 구별이 잘되질 않는다.

"전 마물들을 우리 쪽으로 유인할 생각입니다만."

마물을 사냥하는 법에는 일부러 비무장의 평범한 여행객이나 나무꾼으로 위장해 유인하는 방법도 있었다.

알리우스가 고개를 저었다.

"그것도 오래 걸리긴 마찬가지입니다."

마물들의 영역에 인간이 들어간다고 놈들이 바로 나타나 주는 건 아니다. 그럼 마물 토벌이 얼마나 쉬웠겠나?

다수의 인간, 즉 군대가 나타나면 쥐 죽은 듯 모습을 감춘다.

그렇다고 소수의 인간들은 만만히 보냐 하면, 그것도 아니다.

영역에 인간들이 들어오면 일단 관찰한다.

이후 확실히 사냥할 수 있다는 판단이 서면 그제야 기회를 틈타 습격한다.

사람들은 마물들이 광전사처럼 마냥 난폭하게 날뛴다고만 생각하는데, 실은 들짐승 이상으로 굉장히 조심스러운 것이다.

정확히는, 난폭한 놈들은 다 죽고 조심스러운 놈들만 살아남았다는 쪽이 옳겠지만.

"놈들이 습격하길 기다리다간 사나흘씩 걸릴지도 모르는데요?"

"그렇진 않을 겁니다."

카르나크는 빙그레 웃었다.

"좋은 미끼가 있으니까요."

***

7여신교의 가르침에 따르면, 이 세상은 일곱 여신의 숨결 아래 창조되었으며 특별한 세 종족이 지음을 받아 이 세계를 다스릴 권한을 얻었다고 한다.

그들이 바로 용족과 인족 그리고 요정족이다.

하나 어둠의 세력이 이 세계를 침범했으니, 사악한 힘이 이 아름다운 여신의 세계를 더럽혀 추악한 존재를 낳았다. 바로 마물, 혹은 몬스터라 불리는 존재들이었다.

산속 깊은 골짜기의 그림자 진 한 숲속.

집이라 칭하기엔 지나치게 친환경적인 디자인을 지닌 움막 몇 개가 세워져 있었다. 갈란트산에 서식하는 스톤 오크 무리의 둥지였다.

어둠의 하수인인 몬스터, 이들은 크게 인간형과 짐승형 그리고 부정형으로 나뉜다.

스톤 오크는 개중 인간형 몬스터에 해당하는 마물이었다.

신장은 인간보다 작으나 덩치는 조금 더 컸다.

간혹 인간을 털 없는 원숭이라고 표현하는 경우가 있는데, 오크들이야말로 유인원에서 털을 제거한 것과 흡사한 외모를 지니고 있었다.

숲 저편에서 오크 한 마리가 둥지로 뛰어오더니 고함을 질렀다.

"카아아악!"

대충 '인간이 나타났다!' 정도의 의미였다.

회색빛 각질의 피부를 지닌 커다란 오크가 마주 소리를 질렀다.

"크아아!"

대충 '시끄럽다. 조용히 좀 보고해라.' 정도의 의미였다.

그렇게 한 소리 던져 준 뒤 스톤 오크의 우두머리는 잠시 고민했다.

인간의 물건은 매우 쓸모가 많다. 스톤 오크들이 수시로 인간들의 둥지를 습격하는 이유이기도 하다.

하나 최근엔 그럴 수 없었다.

'너무너무 무서운 자'가 허락하지 않았다.

그런데 산속에 인간이 나타나다니? 이걸 습격해도 되는 걸까?

괜찮을 것 같았다.

'너무너무 무서운 자'가 금한 것은 인간들의 둥지를 습격하는 행위였다.

산속 들어온 인간 잡지 말라는 말은 없었다.

하나 여전히 경계를 늦추는 건 위험하다.

인간들 중에는 간혹 혼자서도 수십의 오크들을 쓸어버리는 괴물들이 나온다.

칼이 반짝거리는 놈들이 그렇고, 손에서 불 나가는 놈들이 그렇고, 하늘에 대고 뭐라 중얼거리면 벼락 떨어트리는 놈들이 그렇다.

그렇기에 영역에 인간이 나타났을 때는 매우 신중한 대응이 요구된다.

오크 우두머리는 소리쳤다.

"크아아!"

뭐 하는 인간 같으냐는 질문이었다.

소식을 들고 온 오크 놈이 다시 소리쳤다.

"카아악!"

그냥 작은 여자애더라는 답변이었다. 그런데 또 몸에는 인간들의 좋은 물건을 잔뜩 걸치고 있더라고.

스톤 오크들이 눈을 빛냈다.

어린 인간은 만만하다. 어린 인간 여자는 더욱 만만하다.

그리고 인간의 옷과 갑주, 검은 어느 오크나 가지고 싶어 하는 것.

오랜만에 찾아온 운수 좋은 날이었다.

"카카!"

"크아아!"

오크들은 일제히 움직였다.

상대가 작은 여자 인간 1명뿐인데도 우르르 몰려간다.

여자애가 무서워서가 아니라, 물건의 소유권을 확실히 하기 위해서다.

"카아!"

스톤 오크 한 놈이 고함을 터트렸다. '먼저 치는 놈이 임자!'라는 의미였다.

그리고 이어진 오크 우두머리의 외침에 바로 묻혔다.

"크아아아!"

'나보다 먼저 치는 새끼 죽인다!'라는 뜻이었다.

✳

갈란트 산속 깊은 수림.

앙상한 겨울 나무숲 사이로 한 소녀가 지나가고 있었다.

제법 멋있어 보이는 장검을 허리에 차고, 멋있어 보이는 경장 갑주를 걸친 차림이었다.

바위 뒤에 숨은 채 스톤 오크들은 소녀를 살폈다. 그리고 이내 안심했다.

다 자란 인간은 경계해야 한다.

성인 남성이나 여성의 경우엔 간혹 혼자서도 오크 무리 하나쯤은 싹 쓸어버릴 정도로 강한 개체도 있다.

그러니 설령 비무장 상태라거나, 도끼 하나만 든 나무꾼이라도 신중을 기해야 한다.

반면 저 인간 소녀는 고작해야 고블린만 한 키, 아직 성장기도 끝나지 않았다.

저런 어린 인간은 강할 수 없다. 아무리 좋은 검과 갑옷을 가지고 있다 해도.

곧바로 오크들이 뛰쳐나갔다.

"크아아아아!"

수십의 오크들이 어린 여자애 하나를 단숨에 포위하며 달려든다.

위협이니 통성명 따윈 없다.

강도가 위협을 하는 것은 불필요한 전투를 피하며 목적한 바를 이루기 위해서다.

인간의 피를 보는 것이 지고의 쾌락인 마물들이 전투를 피할 리가 없지 않나?

가장 앞장선 오크 우두머리가 몽둥이를 내리치며 외쳤다.

"카카카카!"

대충 '이거 내 거!' 정도의 포효 되겠다.

그리고, 그것이 놈의 유언이었다.

번쩍! 섬광이 번뜩이며 오크의 머리가 공중에서 세 바퀴 돈다.

핏물이 예쁜 소용돌이를 그리며 허공을 수놓는다. 그리고 후드득 바닥으로 떨어진다.

달려들던 다른 오크들이 일제히 굳었다.

"켁?"

"카아?"

모든 면에서 이해가 가지 않는 장면이었다.

스톤 오크의 목뼈는 인간의 그것보다 훨씬 단단하다. 저렇게 쉽게 잘릴 물건이 아니었다.

게다가 오크 우두머리는 저 인간 소녀보다 머리 2개는 더 컸다. 아무리 소녀가 칼 뽑아 휘둘러도 채 닿지 않을 거리였다.

그런데 발검과 동시에 몸을 띄우며 눈높이를 맞추더니, 섬전 같은 일격으로 우두머리의 목을 베어 버렸다!

"카카카!"

"크아아!"

오크들이 난리를 치며 뒷걸음질을 했다.

대충 '어린 인간 여자는 약해야 한다!', '그런데 왜 강하지?' 등의 외침이었다.

우아하게 검을 휘둘러 핏물을 털어 낸 뒤 잿빛 머리 소녀가 외쳤다.

"카르나크 님, 떡밥 물었어요!"

수십 개의 얼음 기둥이 허공에서 생성되어 대지로 내리꽂힌다.

쿵! 쿠쿵! 쿠쿠쿠쿵!

커다란 얼음 울타리가 스톤 오크들을 넓게 둘러쌌다.

기둥 사이로 한 무리의 인간들이 걸어 나왔다.

지팡이를 든 흑발의 청년이 오크들을 바라보며 비아냥거렸다.

"와, 벌써 낚일 줄은 몰랐는데."

중갑을 걸친 금발의 기사가 어깨를 으쓱였다.

"그러게요. 적어도 1시간은 미끼 드리우고 기다려야 할 줄 알았는데."

반대편에서 붉은 머리의 미녀와 젊은 신관도 모습을 드러냈다.

"잘했어, 라피셸."

세라티의 칭찬에 라피셸이 수줍게 웃었다.

목이 잘린 오크 우두머리를 보며 알리우스가 감탄을 흘렸다.

"아무리 그래도 너무 위험하지 않나 했는데, 그게 아니었군요."

이것이 카르나크가 굳이 라피셸을 데리고 온 이유였다.

강력한 전사를 일부러 약해 보이게 위장한 뒤 마물을 유인하는 사냥 방식은 이미 널리 퍼져 있다. 그러니 마물들도 상대가 성인이라면 경계를 늦추지 않았다.

하지만 어린아이라면 바로 덤벼드는 것이다.

확실하게 시간 절약을 할 수 있다.

문제는 미끼가 된 아이가 극히 위험해진다는 점인데, 역시 세라티는 무책임한 스승이 아니었다.

"왜 저 아이를 데리고 왔는지 알겠습니다. 보통 솜씨가 아니군요."

솔직히 말하면, 지나치게 솜씨가 좋다.

"그 짧은 기간에 저렇게나 실력을 쌓았을 줄은 몰랐습니다."

아무리 봐도 무술 두어 달 익힌 아이의 몸놀림이 아니었다.

대여섯 살 때부터 명가에서 최고의 교육을 받아도 저럴 수 있을지 의문스러운 수준이었다.

의심받을 줄 예상하고 있었기에 세라티도 자연스럽게 대꾸했다.

"애가 워낙 소질이 있거든요. 재능이 받쳐 주면 성장도 빠르잖아요."

생각해 보니 또 그럴듯했다.

헤어질 때 4서클이었던 카르나크도 어느새 6서클의 상급 마법사가 되어 있고, 바로스 역시 당당한 오러 유저로 바뀌지 않았나?

그럼에도 이상함을 느끼지 못한 이유는, 어쩐지 저들이라면 그 정도는 당연히 할 것 같았기 때문.

'하긴, 스승이 좋으면 그럴 수도 있지.'

알리우스 본인도 신성 주문 배울 때 며칠 만에 뚝딱뚝딱 익힌 경험이 있는지라 그러려니 하고 넘어갔다.

천재들만의 재수 없는 공감대였다.

하여튼 이제 남은 건 오크들을 정리한 뒤 사교도의 흔적이 있는지 확인하는 것뿐이다.

카르나크 일행이 오크들의 사방을 막았다.

포위된 오크들이 돌도끼며 몽둥이를 들고 으르렁대기 시작했다.

"크아아아!"

"캬카카!"

유독 덩치가 큰 스톤 오크 하나가 앞으로 나섰다.

무리 서열 2위의 오크였다.

우두머리가 죽었으니 이제 그가 서열 1위가 되었다.

새로운 우두머리가 커다란 돌도끼를 머리 위로 치켜들며 웅장한 포효를 터트렸다.

"쿠아아아아악!"

'이제 내가 두목이다! 나를 따르라!'란 의미.

그리고 바로 머리가 날아갔다.

퍼엉!

박살 난 두개골 파편이 허공에 흩날린다.

우두머리 된 지 3초 만에 서열 3위에게 자리를 양도하게 된 것이다.

　손가락을 겨눈 채 카르나크가 심드렁하게 뇌까렸다.

　"산 오래 탔더니 배고프다. 빨리 정리하고 점심 먹자."

　붉은 머리칼이 바람에 나부낀다.

　홍학처럼 몸을 곧게 뻗어 제비처럼 빠르게 날아들며, 세라티는 오크들 사이로 파고들었다.

　"타앗!"

　붉은 투기검이 빛의 궤적을 남겼다.

　스치는 모든 것을 갈라 버리는 분열의 빛이었다.

　오크들의 피가 연달아 뿜어져 나왔다.

　"크억!"

　"크아악!"

　연거푸 스톤 오크들을 쓰러뜨리는 세라티의 위용에 라피셀은 눈을 반짝반짝 빛냈다.

　선명할 정도로 화려하고 아름다운 검술이었다.

　'와, 세라티 언니 멋있다!'

　반면 바로스의 검술은 수수했다.

　우직하게 한 발 앞으로 나선 뒤, 우직하게 일 검을 뻗어 낸다.

신체 중심은 산처럼 굳건해 결코 흔들리지 않는다.

두 팔은 산봉우리를 타고 흐르는 폭풍처럼 유려하기 짝이 없다. 그저 차분히 휘두르고, 거두고, 받아치고, 베어 갈 뿐이다.

양쪽을 살펴본 라피셀은 고민했다.

'어머, 언니 검술보다 오빠 검술이 더 좋은 것 같다?'

세라티 언니는 분명 멋있었다.

하지만 바로스 오빠는 훌륭하다.

'오빠 거 따라 하고 싶다…….'

하지만 자신은 세라티의 제자다. 바로스를 따라 하는 건 스승에 대한 실례가 아닐까?

'어쩌지?'

잠시 고민한 라피셀은 적당히 타협을 보았다.

'둘 다 따라 하면 실례가 아니겠지!'

검을 고쳐 쥐며 그녀가 한발 앞으로 나섰다.

오크 한 놈이 라피셀을 노리고 달려들었다.

"이얍!"

귀여운 기합과 함께 전신의 탄력을 이용해 몸을 퉁긴다. 그리고 허공에서 몸을 틀며 연달아 참격을 날린다.

꽃처럼 화려한 검술이 상대의 급소를 절묘하게 파고든다.

"크어억!"

덤벼든 오크의 숨통을 단숨에 끊은 뒤 라피셀은 흔들림 없이 착지했다.

신체 중심을 산처럼 굳건하게 유지한 덕분이었다.

바로스의 진중한 검과 세라티의 화려한 검을 융합해 하나의 검술처럼 펼친 것이다.

'성공이다!'

좋은 스승들 덕분에 좋은 기술을 익히게 되었다.

감사하는 마음으로 라피셀은 다시 몸을 날렸다. 그녀의 주위에서 오크들의 비명이 메아리치기 시작했다.

그 모습을 본 세라티의 두 눈이 휘둥그레 변했다.

'난 저런 거 가르쳐 준 적 없는데?'

가르친 적이 있고 없고의 문제가 아니었다. 자신은 아예 닿지도 못한 높은 경지의 검술이었다.

'세상에……'

정에서 동으로, 동에서 정으로.

산처럼 굳건히 서서 강처럼 유연하게 흐르다가 꽃처럼 나부끼며 벼락처럼 떨어진다.

'타스칼 검술의 완성형이잖아!'

타스칼 검술은 세라티가 익힌 유파의 검술로, 현재 라피셀에게도 가르치고 있는 것이었다.

하지만 라피셀이 저 검술을 알고 있다고 할 순 없다.

지금 가르치는 부분은 어디까지나 기본기라 어느 유파건 별 차이점이 없거든.

[혹시 라피셀이 전생 때 타스칼 검술도 익힌 적 있어요?]

[글쎄요.]

바로스라고 그녀가 무슨 검술을 익혔는지까지 다 외우고 다니는 건 아니었다.

하지만 익히지 않았다 해도 딱히 이상할 건 없었다.

[저건 어차피 다른 검술 익혀도 다들 지나치는 통과점이잖아요.]

까놓고 말하면 바로스도 똑같은 짓을 할 수 있다. 지금이야 그냥 연습 삼아 기본기 위주로 싸우고 있는 것뿐이다.

초일류 기준에선 그냥 흔한 기술이다.

[어, 그러니까…….]

세라티의 목소리가 시무룩해졌다.

[저한테는 필살기가 쟤한테는 그냥 평범한 참격이란 소리?]

깊은 자괴감이 몰려와 그녀는 한숨을 쉬었다.

웃으며 바로스가 세라티를 달랬다.

[원래 쟤랑 칼 맞대면 자괴감 드는 게 정상이에요. 심지어 저나 다른 무왕들도 그랬는데요.]

강하기야 바로스나 다른 무왕들이 더 강했지만, 특유의 저 전투 센스는 도저히 따라갈 수 없었지.

[그냥 신경 쓰지 말고 열심히 훔쳐 배워요. 우리도 그랬어요.]

[……그래요?]

다른 무왕들도 그랬다고 하니 자괴감이 좀 사라지는 기분이다.

자존심을 버리고 세라티는 라피셀의 움직임에 집중했다.

'아, 저거 저렇게 하는 거였구나.'

그녀도 어린 나이에 오러를 각성할 정도로 뛰어난 재능을 지니고 있었다. 무왕에 비할 바가 아닌 것이지, 나름 천재 소리 듣고 살기도 했다.

게다가 육체적, 정신적으로도 아직 성장기의 나이였다.

부족한 부분을 확인하니 상당히 공부가 된다.

미진한 부분을 깨달은 세라티의 움직임이 한층 우아하고 정교하게 변해 갔다.

"타아앗!"

그녀를 지켜본 라피셀은 생각했다.

'언니가 상승의 검술을 시연하시는구나!'

과연, 자신이 충분히 잘 따라 하자 보다 높은 수준의 검술을 가르쳐 주시는 것이 분명했다.

역시 세라티는 훌륭한 스승이었다.

감사의 마음으로 라피셀도 더더욱 열심히 보고 배웠다.

'원래 검술이란 건 스승님에게서 훔쳐 배우는 거랬지.'

세라티는 그런 말 한 적 한 번도 없는데 대체 어디서 주워들은 건진 모르겠다만, 하여튼 라피셀의 동작은 더더욱 세밀

해지고 정교해졌다.

오크들의 모든 동작을 읽고, 예측하고, 심지어 힘의 흐름과 궤적까지 전부 파악하며 검을 찔러 넣는다.

압도적으로 모든 수를 읽어 버리니 실전이 아니라 무슨 연극을 하는 것 같은 모양새가 나왔다.

사방에 오크들의 단말마가 울려 퍼졌다.

"크아아!"

"퀵!"

"으아악!"

그렇게 두 사제는 서로를 살피며 열심히 검을 휘둘렀다.

스승은 제자를 가르치고 제자는 스승을 가르치니, 참으로 아름다운 사제 관계였다.

뭐, 한쪽이 일방적으로 배워야 할 게 너무 많다는 사소한 문제가 있긴 했지만.

허겁지겁 라피셀의 동작을 좇던 세라티가 속으로 비명을 흘렸다.

'선생님, 진도가 너무 빨라요!'

＊

압도적인 전력 차 아래 스톤 오크들은 계속 죽어 갔다.

이 정도쯤 몰리면 아무리 난폭한 마물이라도 전의를 잃는 것이 정상이다.

몬스터에게 항복이란 개념은 존재치 않으니 이제 남은 선택지는 도주뿐.

하지만 이들은 도망조차 치지 못했다.

카르나크와 알리우스가 철저히 막고 있었으니까.

오크들이 등을 돌려 달아난다. 그 뒷모습을 노려보며 카르나크가 마법을 건다.

"제압의 빛이 내 적을 감쌀지어다, 홀드 퍼슨!"

빛의 밧줄이 생성되어 도망치는 오크들의 전신을 휘감았다.

묶여 쓰러진 놈들이 발버둥을 쳤다. 그리고 이내 날아드는 칼날에 고혼이 되었다.

홀드 퍼슨(hold person)이라 해서 딱히 사람 취급하는 건 아니다.

위에서 아래로 빛의 밧줄을 날려 몸통을 감싸는, 주로 이족 보행 생물체에게 쓰는 마법이라 이름이 저렇게 붙은 것뿐이다.

그래서 사족 보행 생물체 상대로는 홀드 비스트라고, 가로로 빛의 올가미를 던지는 주문이 따로 있다.

반대편에선 알리우스가 신성한 기도를 올리는 중이었다.

"하토바시여, 당신의 권위를 드리워 죄인을 무릎 꿇리소서."

음파의 파동이 전장을 덮쳤다.

도망치던 오크들이 제자리에서 빳빳하게 굳었다.

"쿠엑!"

"큭?"

결국 마지막 오크가 쓰러졌다.

오크 특유의 욕설이 희미하게 울렸다.

"……크카카악……."

'오라질! 어쩐지 운수가 좋더라니.'라는 의미의 단말마였
다.

사방에 널린 오크들의 사체를 살피며 알리우스가 신성력
을 끌어냈다.

"그럼 확인해 보겠습니다."

여신의 광휘가 사체들을 천천히 훑어갔다.

대다수의 오크들에게서는 아무런 어둠의 흔적도 감지되지
않았다. 하지만 제일 먼저 라피셀에게 목이 날아간 놈, 그리
고 카르나크에게 머리 터진 놈 등은 달랐다.

"카르나크 공의 예상이 맞았군요."

오크 무리 중 서열이 높은 놈들에게서 사이한 기운이 느껴
졌다.

종말의 어둠이 아니라 정제된 사령술의 흔적이었다.

"이놈들은 사령술사의 지배를 받고 있습니다."

어둠의 기운을 담은 오크들의 사체를 가리키며 기도를 올린다.

"하토바여, 당신의 빛으로, 감추어진 진실이 드러나게 하소서."

성광이 사체를 감싸 알리우스에게 이미지를 전달했다.

사령술의 흔적에 남아 있는 다양한 정보들이었다.

"확실합니다. 이 오크들은 사령술사가 조종하고 있었어요. 그리고 놈의 정체는……."

순간 그의 표정이 기묘해졌다.

"……너무너무 무서운 자?"

일단 스톤 오크들이 저렇게 부르고 있다는 건 확실했다.

"사령술사의 네이밍 센스가 개판인 건지 오크들의 어휘력이 개판인 건지 모르겠지만요."

충분히 이해가 간다며 바로스가 고개를 끄덕였다.

"보통은 후자일 텐데, 사령술사 네이밍 센스도 오크들 어휘력 못지않긴 하니까 말이죠."

카르나크가 바로스를 흘겨보았다.

바로스가 내가 뭐 틀린 소리 했냐는 듯 딴청을 피웠다.

하여튼, 지금은 상대의 칭호 따위가 중요한 게 아니다.

어디 있는지가 중요하지.

알리우스는 계속 성광을 비추며 어둠을 한 점으로 집중시켰다.

응축된 어둠이 마치 애벌레처럼 오크들의 사체에서 빠져나와 꿈틀대기 시작했다.

재빨리 어둠을 작은 유리병에 담아 봉인한 뒤 다시 기도를 올렸다.

"대지의 인도 아래 어둠을 빛으로 이끄는도다……."

병 안에 갇힌 어둠이 발작하듯 요동을 친다. 마치 어딘가로 향하려는 듯 계속 병 한쪽으로 몰린다.

"추적 주문에 성공했습니다."

만족스러운 듯 알리우스가 고개를 끄덕였다.

이 점액질의 어둠이 가리키는 곳에 스톤 오크들을 조종한 사령술사가 있으리라.

그렇다면 이제 해야 할 일은 정해져 있다.

"밥부터 먹죠."

아무도 웃지 않고 진지하게 받아들였다.

세라티와 바로스가 주위를 둘러보았다.

"어디서 먹을까요, 점심?"

"사체들이 즐비하니 일단 장소를 옮기죠."

농담으로 치부할 일이 아니다.

식사 타이밍을 정확히 잡는 것은 야전에선 굉장히 중요한 일 중 하나인 것이다.

혹여 전투 앞두고 용변이라도 마려우면 어쩌라고?

적당히 이동해 자리 깔고 모여 앉아 도시락부터 깠다. 여관 주인에게 부탁해 장만한 야채 빵과 소시지구이였다.

오물오물, 냠냠.

"오, 이 집 소시지 잘 굽네."

"카르나크 님, 저 소스 좀 주세요."

"아, 여기 있어, 라피셀."

"감사합니다!"

새삼스러운 눈으로 세라티는 그 광경을 지켜보았다.

세상을 구하고자 모든 것을 희생한 인류의 영웅과, 그녀를 세 조각으로 찢어 가며 고문한 왕년의 사령왕이 훈훈한 표정으로 대화를 주고받고 있다.

'생각해 보면 저렇게 훈훈할 사이가 아닐 텐데……'

다들 배를 든든하게 채웠다.

이 정도면 사령술사의 흔적을 쫓는 과정에서 적절하게 소화도 이루어지겠지.

목표물과 조우할 때쯤엔 전투를 위한 최상의 컨디션이 되어 있으리라.

자리에서 일어나며 알리우스가 유리병을 꺼냈다.

"그럼 추적을 시작하겠습니다."

꙳

병 속의 어둠이 꿈틀거리며 연신 한 방향으로 뻗어 간다.

그때마다 카르나크 일행은 어둠이 가리키는 곳으로 죽 달렸다.

사실 깊은 산속에서 지리도 살피지 않고 한 방향으로 그냥 달리는 것은 굉장히 위험한 일이다.

이곳 갈란트산처럼 산세가 험한 경우는 더욱 그렇다.

경로에 어떤 지형이 기다리고 있을지 모르는 것이다.

아무 생각 없이 직선으로 나아가다가 내려가기 힘든 계곡이나 넘기 힘든 언덕이 나오는 경우가 얼마나 많던가?

그러니까, 평범한 신체 능력을 지닌 일반인의 경우엔 말이지.

"계곡이네요."

"그냥 뛰어 내려가."

"언덕이네요."

"그냥 뛰어 올라가."

"빽빽한 수풀 나왔는뎁쇼."

"대충 썰어."

최하급 오러 유저인 레드 나이트조차도 제자리에서 3미터 가까이 서전트 점프를 할 수 있다.

아예 인간의 한계를 초월해 버리면 지형에 구애받는 일도 극히 줄어든다.

바로스도 세라티도, 심지어 라피셀조차도 별 어려움 없이 험한 산속을 평지처럼 누비고 다녔다.

카르나크나 알리우스에게는 그런 신체 능력이 없지만, 대신 마법이 있다.

  대충 너무 높거나 낮다 싶으면 부유 마법으로 두둥실 떠다니면 된다.

  알리우스 1명 정도야 카르나크의 마법에 편승하면 그만이다.

  무슨 만장 단애가 아닌 이상에야 산세가 험한 정도로 운신에 크게 지장이 생기진 않는 것이다.

  카르나크 일행은 거침없이 산속을 누비며 계속 어둠의 흔적을 쫓았다. 그리고 곤란해졌다.

  "이런······."

  만 장까진 아니겠지만 그래도 뛰어넘을 높이는 절대 아닌 커다란 절벽이 눈앞을 가로막고 있었다.

  난처해하며 바로스가 카르나크를 바라보았다.

  "어쩌죠, 도련님?"

  "부유 마법으로 넘어가 볼까?"

  "이 인원 다 옮길 수 있어요?"

  "가능은 한데, 좀 애매하네."

  마법은 마나를 한곳에 집중해 세계의 변화를 일구는 행위.

  같은 마법을 한자리에서 너무 반복해 사용하면 그만큼 세계도 변화에 적응해 버리며, 그 결과 마법의 효과가 점점 떨어지게 된다.

전투 시 마법사들이 굳이 다양한 마법을 번갈아 사용하는
이유다.

또한 집중되지 못한 마나는 사방으로 무의미하게 흩어지
게 되는데, 이 경우 마법의 파장이 굉장히 넓게 퍼지기 마련
이다.

"재수 없으면 사령술사들이 눈치를 챌 수도 있어."

기껏 여기까지 추적했는데 닭 쫓던 개가 되고 싶진 않았
다.

알리우스가 다른 의견을 냈다.

"일단 절벽을 돌아서 올라가 보죠."

어둠이 담긴 병을 앞세우며 절벽을 돌아 산을 타고 올랐
다.

그렇게 열심히 걸음을 옮기던 중이었다.

알리우스의 표정이 살짝 굳었다.

"이거 왜 이러지?"

병에 담긴 어둠의 움직임이 좀 이상하다.

한 방향으로 걷고 있는데도 자꾸 위아래로 위치가 바뀐다.

"이놈, 움직이고 있군요."

심지어 거의 근처였다.

다들 긴장하며 전투준비를 갖췄다. 전사들은 검을 뽑아 들
었고, 마법사와 신관은 로드와 지팡이를 움켜쥐었다.

그렇게 숲을 헤치며 10여 분쯤 더 나아간 후.

한 사내가 시야에 들어왔다.

검은 로브에 해골로 만든 목걸이, 누가 봐도 전형적인 사령술사의 복장이었다.

모두의 표정이 순간 멍해졌다.

목표물을 발견한 건 좋은데 상황이 전혀 예상 못 한 것이었다.

그는 땅바닥에 쪼그려 앉아 한 손에 호미를 들고 열심히 칡뿌리를 캐고 있었다.

일행이 사령술사를 빤히 바라본다.

"……"

사령술사도 일행을 빤히 바라본다.

"……"

카르나크가 혀를 찼다.

"하긴, 얘들 입도 입이지."

아무리 사령술사라도 언데드가 되지 않은 이상은 먹고살아야 한다.

그리고 사령술사라 하여 신선한 나물을 싫어할 이유는 전혀 없다.

하지만 몬스터들 시켜서 나물 뜯어 봐야 곤죽이 될 게 뻔하다.

안 그래도 첫눈이 내려 나물 찾기 힘든 시기가 도래했다.

땅이 더 얼기 전에 신선한 칡뿌리를 캐 먹고 싶다는 욕망을 누르긴 힘들었으리라.

뒤늦게 사령술사가 벌떡 일어나며 호들갑을 떨었다.

"누, 누구냐, 네놈들은!"

정체를 파악하는 건 전혀 어렵지 않다.

현재 카르나크 일행은 본연의 직업에 맞게 무장한 상태였다.

특히나 알리우스의 법복은 그의 신분을 제대로 증명하고 있었다.

"하토바의 신관인가!"

경악한 사령술사가 양손을 떨치며 힘을 끌어낸다.

십수 마리의 망령들이 땅에서 솟구치기 시작했다. 섬뜩한 귀곡성이 숲을 뒤흔들었다.

꺄아아아아악!

하지만 일행은 오히려 편안한 얼굴이 되었다.

칡뿌리 뽑는 사령술사보단, 악령 뽑는 사령술사가 훨씬 자연스러운 법이니까.

지팡이를 겨누며 알리우스가 엄숙하게 외쳤다.

"여신의 이름 앞에 무릎 꿇을지어다!"

"흥! 네놈들이야말로!"

사령술사도 밀리지 않았다.

섬뜩한 기운을 사방으로 풍기며 지옥의 악마처럼 울부짖는다.

"내 모습을 보았으니 아무도 살아 돌아가지 못하리라!"

참으로 사령술사다운 그 외침에 카르나크가 시큰둥하게 전언을 날렸다.

[혹시나 해서 말해 두는 건데, 세라티.]

[네?]

[난 저런 대사는 한 적 없어.]

[……누가 뭐래요?]

⁂

열 마리가 넘는 레이스들이 눈 쌓인 가지 사이를 나부끼듯 날아다닌다.

저 숫자의 레이스를 소환할 수 있다는 것은 놈의 실력이 상당하다는 증거.

결코 종말의 어둠을 우연히 주워 먹고 어설프게 힘을 얻은 뜨내기가 아니었다. 제대로 된 사령술을 익힌 것이 분명했다.

그러니까, 대충 알리우스와 처음 만났을 때 겔파 마을에서 암약하던 클레오와 비슷한 수준?

쾅! 쾅쾅!

기껏 소환된 레이스들이 이내 바로스의 투기검에 처맞고 펑펑 터져 나갔다.

딱히 정교한 검술도 아니었다. 그냥 파리채로 파리 잡듯 퍽퍽 쳐서 떨어트리고 있었다.

"오러 쓸 수 있으면 이 정도쯤이야……."

클레오랑 비슷한 수준이면 지금의 바로스에겐 전혀 위협이 되지 않는 것이다.

세라티 역시 느긋하긴 마찬가지였다.

어쩌다 이 일행에 껴서 구박받고 있지만, 이래 봬도 유스틸 왕국 북부에선 최강의 어둠사냥꾼으로 이름을 날린 그녀였다.

심지어 지금은 경험도 훨씬 많이 쌓았고 실력도 올라갔다.

"썩 강한 자는 아니네요."

카르나크나 알리우스는 나설 필요조차 없었다.

바로스와 세라티, 둘만으로도 레이스들은 제철 생선처럼 싱싱하게 회 쳐지고 있었다.

까아아아아!

소환된 레이스가 순식간에 모조리 사라져 버렸다.

"이, 이놈들이!"

경악한 사령술사가 부들부들 떨며 다시금 힘을 썼다.

"진정한 어둠의 권능을 보여 주마!"

또다시 레이스가 십여 마리쯤 소환되었다.

아무래도 그가 지닌 최강의 사령술인 듯했다. 방금 파리처럼 찍 맞고 날아간 저것들이 말이다.

알리우스는 머쓱한 표정을 지었다.

'사령술사가 불쌍해 보이긴 처음이군.'

뺨을 긁다가 문득 옆을 돌아보니, 잿빛 머리 소녀가 눈동자를 반짝거리고 있다.

"라피셸 양."

"네?"

"연습이나 할래요?"

"네!"

알리우스가 라피셸의 장검에 손가락을 가져다 댔다.

그녀의 칼날이 희미하게 빛났다. 악령을 타격할 수 있는 신성 주문을 걸어 준 것이다.

'그래, 바로스 경도 있고 세라티 경도 있으니 아직 아이라도 별 위험에 처할 일은 없겠지.'

뛰어난 재능을 지닌 소녀였다. 아마도 레이스 한둘 정도는 처리할 수 있지 않을까?

막 그렇게 생각할 때였다.

라피셸이 땅을 박차며 앞으로 뛰었다.

"에잇!"

동시에 갑자기 그녀의 모습이 다섯으로 분리된다.

그리고 저마다 레이스를 베어 나가더니, 그대로 허공에서 꽃 같은 검광을 남긴다!

파아아아앗!

채 비명도 못 지르고 또다시 모든 레이스가 소멸되었다.

라피셀이 검을 거두며 방긋 웃었다.

"다 해치웠어요!"

사령술사의 두 눈이 휘둥그레 커졌다.

도대체 무슨 일이 일어난 것인지 이해할 수 없었다.

이해가 안 간 건 알리우스도 마찬가지였다.

그냥 뭐가 번쩍하더니 모든 레이스가 소멸해 버렸다?

"……라피셀이 방금 뭘 한 겁니까?"

세라티는 고민했다.

이걸 뭐라고 대답해야 할까? 그녀 자신도 모르는데.

"가, 가문의 비전입니다."

하여튼 사령술사는 이걸로 완벽하게 무력화되었다.

무려 스물이 넘는 레이스를 소환해 냈다. 사령력이 동나고도 남을 엄청난 술법인 것이다.

워낙 허무하게 다 썰려서 그렇게 안 보일 뿐이지.

"으, 으어어……."

기겁한 사령술사가 뒷걸음질을 쳤다. 그리고 뭔가에 가로막혔다.

어느새 바로스가 그의 등 뒤에 서 있었다.

"이보게, 자네."

어깨에 손을 얹으며 부드럽게 질문한다.

"혹시 휴멜이라는 친구를 아는가?"

사령술사 입장에선 전혀 부드럽게 들리지 않았지만.

휴델을 아느냐는 바로스의 질문에 사령술사는 단호하게 대답했다.

"모른다!"

덕분에 카르나크 일행은 확신했다.

'멍청한 놈이다.'

영지 바로 옆에 붙어살면서 영주를 모른다는 게 말이 되냐?

정말 잡아뗄 생각이었으면 이름 정도만 안다고 했어야지.

뒤늦게 실수를 깨달은 사령술사가 횡설수설하기 시작했다.

"지, 진짜다! 휴델 백작도 검은 신의 교단도, 난 아무것도 아는 바가 없어!"

슬픈 듯 바로스가 중얼거렸다.

"저기, 난 아직 검은 신의 교단 이야기는 꺼내지도 않았거든?"

"아차!"

멍청한 데다 순진하기까지 한 작자였다.

한심하다는 듯 자신을 바라보는 주변의 눈빛에 사령술사는 입을 꾹 다물었다.

어설프게 떠들어 들통이 날 바엔 아예 묵비권을 행사할 속셈인 듯했다.

물론, 이 시대에서 묵비(默祕)는 전혀 권리가 아니다.

세라티가 슬쩍 물었다.

[어쩌죠, 카르나크 님? 또 몰래 손쓰실래요?]

[내가 뭐 하러? 알리우스가 있는데.]

죽은 사람에게서 정보를 끌어내는 데는 누가 뭐래도 사령술사가 최고의 전문가다.

그렇다면 산 사람에게서 정보를 끌어내는 데는?

[명칭부터 심문관이잖아. 저쪽도 전문가야.]

의관을 단정하게 정돈한 뒤 알리우스가 한발 앞으로 나섰다.

"잠시 제가 맡아도 될까요?"

"물론입니다."

사령술사를 꽁꽁 묶은 뒤 카르나크 일행이 뒤로 물러섰다.

상대를 노려보며 알리우스가 온화한 어조로 입을 열었다.

"이름이 뭐죠?"

사령술사는 대답하지 않았다. 고집스럽게 입술을 닫고 있을 뿐이었다.

"이름도 말해 주지 않을 셈입니까? 그다지 좋은 시작은 아니군요."

알리우스는 분명히 선량하고 정의로운 자였다. 하지만 동시에 심문관이기도 했다.

그렇기에 죄인을 상대할 때는 그 어떠한 끔찍한 행위라도 거리낌 없이 할 수 있다. 선량하고 정의롭기 때문에.

일행을 돌아보며 알리우스가 부탁했다.

"잠시 자리를 비워 주시겠습니까? 어린아이가 보기에 썩 좋은 광경은 아니라서요."

카르나크 일행이 숲 저편으로 사라졌다. 이제 알리우스와 사령술사 단둘만 남았다.

"참고로 말씀드리면, 저는 당신의 모든 상처를 치유할 수 있습니다."

입을 꾹 닫고 있는 와중에도 사령술사는 의아해했다.

심문할 사람이 왜 치유 이야기를 꺼내나?

"그러니 걱정 마세요."

알리우스가 신성 주문을 펼쳤다. 빛의 재갈이 형성되어 사령술사의 입을 틀어막았다.

"아는 걸 전부 토해 내기 전까진, 당신은 절대 죽지 않을 겁니다."

사령술사는 당황했다.

"읍! 읍읍?"

아니, 아는 걸 전부 토해 내게 만든다면서 대체 입은 왜 막아?

"재갈은 신경 쓰지 마세요. 당신의 영혼이 진솔해지면 저절로 풀릴 겁니다."

겁먹은 사령술사의 안구 위로 알리우스의 눈동자가 비쳤

다.

참으로 맑은 눈동자였다.

눈앞의 가련한 영혼을 구해야 한다는 사명감으로 반짝반짝 빛나고 있었다.

"아직 당신은 솔직하지 않습니다. 눈빛만 봐도 알죠."

알리우스의 양손이 신성한 빛으로 물들기 시작했다.

그의 입에서 신실한 기도문이 흘러나왔다.

"하토바시여, 당신의 종을 용서하소서……."

뭔데? 대체 뭘 하려고 용서를 비는 건데?

"읍읍읍?"

잠시 후, 처절한 절규가 재갈에 가로막혀 힘없이 새어 나왔다.

"ㅇㅇㅇㅇ읍!"

알리우스가 사령술사를 끌고 다시 나타난 건 대략 10여 분후의 일이었다.

모두를 돌아보며 환하게 웃는다.

"여신의 은총 아래, 리마이크 씨는 전폭적으로 심문에 협조해 주셨습니다."

그래서 다들 깨달았다.

'저 사령술사 이름이 리마이크였구만?'

리마이크는 멀쩡해 보였다.

딱히 상처도 보이지 않았고, 옷에 피가 묻거나 한 곳도 없었다. 겉으로만 보면 대체 뭘 했나 싶을 정도였다.

그런데 눈이 완전히 맛이 갔다.

숨 쉬는 좀비란 게 존재한다면 바로 저런 게 아닐까 싶을 정도로 공허한 눈동자다.

'진짜 뭘 한 거지?'

심문관이 사령술사에게 뭘 할 수 있는지 모르는 세라티는 당연히 의문을 품었다.

반면, 왕년에 경험이 좀 있는 카르나크와 바로스는 몸부터 부르르 떨었다.

'아오, 그거 당했구나.'

'떠올리기도 싫은데, 그거.'

애써 상념을 지우며 카르나크가 물었다.

"뭐 좀 건졌습니까?"

"역시 이자는 암흑교단의 사교도였습니다."

리마이크를 돌아보며 알리우스가 말을 이었다.

"또한 휴델 백작의 수하이기도 하지요."

"이자를 내세우면 백작을 규탄할 증거가 될까요?"

"리마이크 씨만으로는 조금 부족하겠지만……."

고작 사령술사 한 놈 들이밀며 '당신이 사교도라는 증인이 있다!'라고 몰아붙일 만큼 제국 귀족이 만만치는 않다. 좀 더 확실한 증거를 잡아야 한다.

"다행히 제게 사교도들의 은거지에 대해 알려 주었습니다."

이 일대의 사교도들은 휴델의 명령에 따라 갈란트산에 숨어 살고 있었다. 심지어 꽤나 그럴듯한 은신처까지 꾸린 듯했다.

"여기서 대체 뭘 하는 거죠?"

"그건 이자도 잘 모르더군요."

리마이크의 임무는 이곳에 숨어 지내며 7왕국 연합 쪽 사교도와 라케아니아 제국 쪽 사교도의 연락을 담당하는 것이었다.

교단이 무슨 계획을 꾸미고 있는지는 본인도 모르고 있었다.

납득이 간다며 바로스가 중얼거렸다.

"하긴, 실력 보니까 중요한 역할은 아닌 것 같더라."

그래도 다수의 사교도를 붙잡는다면 휴델 백작을 추궁하기에 충분한 증거가 될 수 있다.

운이 좋으면 더 많은 정보를 캐낼 수도 있고.

알리우스가 산 저편으로 손짓을 했다.

"가시죠."

과연 리마이크는 전폭적으로 협조했다. 순순히 모든 길을 안내하며 조금의 반항도 보이지 않았다.

뭐랄까, 영혼이 완전히 꺾여 버린 상태였다.

카르나크 본인이라도 고문만으로 저렇게까지 철저히 정신을 꺾는 일은 쉽지 않았다. 오죽하면 이런 생각마저 들 정도였다.

'성직자가 고문하고 사령술사가 영혼 뽑아내는 게 가장 효율적으로 사령력을 쌓을 수 있는 방법 아닐까?'

능선을 타고 길게 돌아 1시간쯤 더 움직였다.

깊은 숲속에 작은 통나무집이 보였다.

겉보기엔 사냥꾼의 오두막 같았다. 하지만 갈란트산에서 사냥을 하는 간 큰 사냥꾼은 존재하지 않는다.

"저곳인가?"

"예."

"몇 놈이나 더 있지?"

"동료가 셋 더 있습니다. 전부 사령술사입니다."

"그들의 특기는?"

"저와 비슷합니다. 강령술과 초혼술이 주특기입니다."

모든 질문에 리마이크는 순순히 대답했다.

이어서 바로스도 질문을 건넬 때였다.

"그럼 우두머리는 누구고, 너랑 비교하면 어느 정도로 강하지?"

예상 밖의 대답이 돌아왔다. 리마이크가 슬쩍 손을 든 것이다.

"접니다."

"응?"

"제가 제일 상급자입니다."

모두의 시선이 리마이크에게로 쏠렸다.

다들 말은 없었지만 똑같은 눈빛을 하고 있었다.

'고작 이게?'

공포에 질린 리마이크가 허겁지겁 말을 이었다.

"정말입니다! 거짓말이 아닙니다!"

혹여 거짓말이라 오해할 경우 닥칠 일이 두려운 듯했다.

세라티는 다시 한번 의아해하며 알리우스를 바라보았다.

'도대체 무슨 짓을 하셨기에 사람이 이래?'

잠깐 생각하더니 알리우스가 고개를 끄덕였다.

"진실인 듯하군요."

따져 보니 앞뒤가 맞긴 했다.

알리우스는 스톤 오크를 지배한 사령술사의 술법을 추적
해 여기까지 왔다. 그리고 그 끝에 이자가 있었지.

리마이크가 바로 오크들이 말한 '너무너무 무서운 자'인 것
이다.

오크들의 빈약한 어휘력을 생각하면 저건 실로 극상의 표
현이다.

'너무너무너무 무서운 자' 같은 건 존재치 않는단 소리다.

"최상급자가 왜 나물이나 캐고 다녀?"

"다른 부하들은 야채를 싫어해서…….."

"왜 부하들 안 시키고?"

"시킬 만큼 제가 월등히 강하지는 않아서…….."

대충 상황이 이해가 갔다.

세라티가 고개를 저었다.

"죄다 말단에 불과하단 소리네요."

제일 강한 리마이크가 이 수준이라면, 나머지 사령술사들이야 볼 것도 없다.

숲속의 오두막을 노려보며 카르나크가 태연하게 뇌까렸다.

"후딱 정리합시다."

잠시 후, 평화롭게 숨어 살던 사령술사들의 은신처에 날벼락이 떨어졌다.

　　　　　　　　　　　　❊

리마이크를 비롯해 다른 사령술사들까지 죄다 포박한 뒤, 카르나크 일행은 갈란트산에서 내려왔다.

하지만 바로 성하 마을로 돌아가진 않았다.

사람들 앞에서 4명이나 되는 인원을 꽁꽁 묶어 끌고 다닌다? 시선을 굉장히 집중시키게 되는 것이다.

그래서 산기슭까지 내려온 뒤 일단 몸을 숨기고 알리우스만 홀로 사이샤 신전으로 향했다.

그가 다시 돌아온 건 막 해가 저물기 시작한 저녁 무렵이었다.

알리우스는 커다란 사두마차 한 대에 스물 정도의 병력을 대동하고 있었다. 벨튼 신관과, 사이샤 신전의 병사들이었다.

"이들인가?"

노골적인 혐오를 드러내며 벨튼이 묶여 있는 사령술사들을 살폈다. 그리고 알리우스를 돌아보며 감사를 표했다.

"과연 더러운 어둠의 기운이 느껴지는군. 정말 고맙소, 알리우스 교우."

겸양을 보이며 알리우스가 카르나크 일행을 소개했다.

"이분들의 힘이 아니었다면 어림도 없었겠지요. 저희 교단의 협력자분들입니다."

잠시 통성명이 오갔다.

"사이샤를 섬기는 벨튼이라 하오."

"데라트의 어둠사냥꾼, 카르나크라고 합니다."

"바로스입니다."

"세라티입니다. 이 아이는 제 종자이고요."

병사들이 사령술사들을 제압해 마차에 실었다.

신전으로 돌아가 이들을 보다 자세히 심문할 예정이었다.

또한 카르나크 일행에게도 동행을 권했다.

"함께 가시죠."

사이샤 신전은 성하 마을 서쪽에 위치해 있었다.

커다란 본당과 다섯 채의 경당, 그 외 마구간이며 와인 저장고, 헛간 등으로 이루어진 대규모 건물이었다.

신전에 도착하자 병사들이 사령술사들을 지하 감옥으로 끌고 갔다.

지켜보던 바로스가 의아해했다.

"그냥 지하 감옥에 가둡니까? 사교도의 끄나풀이 있을지 모른다면서요."

따로 은신처 같은 곳을 만들어 몰래 숨겨 둬야 하지 않느냐는 질문이었는데, 벨튼이 고개를 저었다.

"그건 우리도 알고 있네만, 쓸 만한 은신처가 하늘에서 뚝 떨어지는 건 아니지 않나?"

비밀리에 움직이는 것이 마냥 유리하지만은 않다.

사교도들 눈을 속이겠다고 일반 가옥이나 허름한 헛간 같은 곳에 대충 가둬 놓았다가 만약 위치 들키면 어쩌려고?

어설픈 은신처를 만들 바에는 차라리 확실한 장소에서 경계를 강화하는 게 더 나은 것이다.

게다가 다른 이유도 있었다.

"우린 여신의 종들일세. 그런 우리가 쥐새끼 같은 사교도들처럼 숨어 다닐 순 없지."

이후 벨튼 신관과 알리우스는 사령술사들을 심문하기 위해 지하 감옥으로 향했다.

카르나크 일행도 그동안 휴식을 취하기 위해 손님방을 안내받았다.

신전답게 화려하진 않지만 정갈한 방이었다. 침대도 제법 푹신했다.

산을 타느라 피곤했는지 라피셀은 곧바로 베개 껴안고 깊은 잠에 빠졌다.

"음냐아……. 밥!"

괴상한 잠꼬대를 하는 그녀를 보며 잠시 안쓰러운 눈빛을 보내 준 뒤 세라티는 고개를 돌렸다.

[저기요, 카르나크 님?]

[응? 왜?]

[예전부터 좀 찜찜했던 건데요…….]

라피셀이 잠들었다 해서 함부로 떠들면 안 된다는 건 이미 잘 아는 사실이다. 그래서 세라티는 계속 은밀한 마법 전언으로 질문을 이었다.

[이름 그냥 밝히셔도 되는 거예요?]

라피셀을 만난 후 한 가지 가설이 생겼다.

미래의 대마법사 중 누군가가 카르나크와 바로스를 따라 이 시간대로 돌아왔을지도 모른다는 가설이.

만약 저 추측이 진짜라면, 돌아온 대마법사는 과연 왕년의 사령왕을 어떻게 대할 것인가?

[그분들께도 별로 좋은 대우는 하지 않았죠?]

세라티의 질문에 카르나크가 고소를 머금었다.

[자아를 되찾았다면 라피셀 못지않게 나를 찢어 죽이려고 혈안이 되어 있겠지.]

정신 나간 라피셀 하나 상대할 때도 그 고생을 했는데, 멀쩡한 10서클의 추구자가 나타나면 과연 도망이나 제대로 칠 수 있을까?

그런데 이상할 정도로 카르나크는 저 부분에 대해선 별 신경을 안 쓰는 것이다.

예전에야 몰라서 그랬다 쳐도 지금은 위험을 인지하고 있을 텐데.

[이렇게 본명을 막 드러내도 돼요? 가명이라도 쓰셔야 하는 거 아니에요?]

[음, 그게…….]

카르나크는 잠시 생각에 잠겼다. 어떻게 설명을 해야 할지 말을 고르는 듯했다.

그가 다시 입을 열었다.

[저 가설이 진짜인지 아닌지는 모르겠지만, 사실이라고 가정할 경우엔 한 가지 확실한 점이 있어.]

회귀자는 과거의 사령왕과 데스 나이트 로드가 어디 사는 누구인지 모르고 있다.

[제스트라드 영지가 아직 멀쩡한 게 그 증거야. 아니면 진작 찾아와서 우릴 쳐 죽였겠지?]

[구리 광산 생긴 건 뭔데요?]

[그 부분이 좀 찜찜하긴 한데, 아직까진 우연이 아닌가 싶어. 딱히 수상한 점은 찾지 못했거든.]

저렇게 판단할 근거도 있었다. 바로스가 옆에서 첨언했다.

[도련님이나 저나, 아무에게도 과거를 알려 주지 않았거든요.]

그저 카르나크였고 바로스였다.

제스트라드라는 명칭은 절대 꺼내지 않았다.

영주부터 시작해서 온 가족을 사령술로 싹 다 죽이고 쫓기는 신세였다. 들키면 바로 목 날아갈 판인데 왜 떠들고 다니겠나?

[나중에 힘이 좀 생긴 후에는 굳이 떠들고 다닐 필요가 없어졌고요.]

[술 먹고 과거 회상하는 취미 같은 거 없었거든, 우리 둘다.]

[진취적이고 미래지향적인 성격이었지요!]

세라티의 표정이 묘해졌다.

'아닌데? 만날 과거 회상하던데? 거의 골방 노인네 수준이던데?'

그런데 생각해 보니 그럴 법했다.

지금은 둘 다 100년 묵은 요괴들이 아닌가? 나이만 보면 골방 노인네도 능가한다.

[게다가 우리 둘 다 인상착의도 많이 달라졌고.]

온 세상의 적이 되었을 땐 카르나크와 바로스도 슬슬 중년의 나이였다. 지금처럼 탱탱한 피부의 소유자들이 아니라.

[심지어 그 중년 모습조차 얼마 못 갔죠?]

한 놈은 해골바가지, 다른 한 놈은 푸르뎅뎅한 시체 기사가 됐거든.

즉, 미래에서 돌아왔다 해도 이들을 찾을 방법은 오직 이름 하나뿐이다.

그런데 카르나크나 바로스라는 이름이 그렇게까지 희귀하진 않은 것이다.

카르나크는 원래 선사시대 이전의 종족이 남긴 고대 건축물의 명칭이어서 귀족들 사이에서 자식 이름으로 많이 갖다 쓰곤 했다. 바로스도 평민들 사이에선 제법 흔한 7왕국식 이름이었다.

출신도 모르지, 성도 모르지, 인상착의도 바뀌었지, 이름도 흔한 편이지.

그러니 회귀자 입장에서 이들을 찾을 단서는 '카르나크'란 놈과 '바로스'란 놈이 같이 다니는 경우밖에 없다.

[하지만 저쪽이 설령 우릴 찾았다 해도, 감히 날 직접 찾아

올 수는 없어.]

영혼을 산산이 찢어발긴 라피셀과 달리, 그녀를 제외한 다른 무왕들과 3인의 대마법사는 지성을 온전히 남겨 놓았다. 대신 충성심을 영혼에 각인시켜 인격을 조작한 뒤 수하로 삼았다.

이는 바로스나 세라티처럼 계약을 통해 권속으로 삼았을 때와는 상황이 전혀 다르다.

권속은, 비유하자면 노예의 족쇄를 영혼에 걸어 놓은 것과 같다.

노예가 되긴 했어도 기억이나 인격은 예전 그대로다.

영혼 자체가 변한 것은 아니기에 여전히 세라티도 오러를 사용할 수 있는 것이다.

또한 시공을 초월해 영혼만 이동하면 당연히 족쇄는 그 자리에 남게 된다. 카르나크와 바로스의 권속 계약이 깨진 이유다.

반면 무왕과 대마법사의 경우엔 아예 영혼 자체에 복종의 각인을 새겨 놓았다. 권속 같은 말랑한 수법으로 제어하기엔 너무 무서운 적수들이었으니까.

[설령 시공을 초월해 이 시간대로 돌아온다 해도, 영혼에 새겨진 각인까지 사라지진 않는다는 소리야.]

어쩌면 사령왕이 사라지며 저들이 자아를 되찾았을지도 모른다.

어쩌면 사령왕에 대한 분노로 시공 회귀를 시도하고, 심지어 성공했을지도 모른다.

하지만 과거로 돌아왔다 하더라도 감히 카르나크를 직접 찾을 수는 없을 것이다.

[그랬다간 도로 내 지배력에 잠식당할 테니까.]

지금의 카르나크는 아스트라 슈나프 시절처럼 온 세상에 영향력을 떨치진 못한다.

하지만 현재 수준으로도 가까운 거리라면 충분히 영혼의 각인을 재발동시킬 수 있는 것이다.

일단 재회만 하면 도로 충실한 수하로 만들 수 있다.

[그리고 이 사실은 저쪽도 잘 알고 있겠지.]

그러니 절대 직접 움직이진 않을 것이다. 대신 수하들을 이용해 두 사람을 찾겠지.

그래서 일부러 카르나크와 바로스란 이름을 여기저기 흘리고 있는 것이다.

[우릴 찾는 과정에서 저쪽도 단서를 흘리길 기대하면서 말이야.]

설명을 듣던 세라티가 고개를 갸웃거렸다.

[……굳이 그럴 필요가 있어요?]

3인의 대마법사는 무슨 신비스러운 장소에 숨어 사는 은둔자들이 아니다. 전원 어느 정도 행적이 드러나 있는 이들이다.

[그냥 직접 찾아가시면 되는 거 아니에요?]

그냥 대면만 하면 충실한 수하로 돌아온다는데, 대체 왜 저렇게 눈치를 본단 말인가?

[이건 어디까지나 저 가설이 사실일 경우의 이야기잖아.]

카르나크의 표정이 살짝 굳었다.

[만약 내 가설이 틀렸으면?]

라피셀을 만나기 전에도 이미 3인의 대마법사들에게 의심을 품고 있었다.

사령력과 마법을 융합시키는 사교도의 술식을 개발한 당사자라는 가설이었다.

그런데 만약 상대가 시공 회귀자가 아니라면?

그냥 이 시대의 대마법사인데 모종의 이유로 검은 신의 사교도가 된 것이라면?

그래서 영혼의 각인 같은 것 없이 순수하게 적으로 만나게 된다면?

[시체라도 온전히 남기면 다행이겠지.]

대놓고 전부 드러냈다가 만약 상대가 회귀자가 아니면 대책 없어진다.

그래서 딱 이름까지만 흘리고 그 외의 정보는 감추며 거리를 둔 채 반응을 살피는 것이다.

[물론 둘 다 아닐 수도 있고. 전부 확인되지 않은 가설이잖아.]

그렇게 열심히 전언을 나누고 있을 때였다.

밖에서 발소리가 들렸다.

다들 표정을 고치며 대화를 멈췄다.

잠시 후, 방문이 열리고 알리우스가 안으로 들어왔다.

"심문이 끝났습니다, 카르나크 공."

"이제 제 차례인가요?"

기다렸다는 듯 카르나크가 몸을 일으켰다. 바로스가 물었다.

"도련님은 왜 부른답니까?"

"다녀와서 설명해 줄게."

⁂

딱딱한 석벽으로 지어진 지하 감옥 안에 낮에 붙잡은 사교도 4명이 갇혀 있었다.

다들 혹독한 심문을 받았는지 탈진한 상태였다.

지하 감옥 귀퉁이에 지팡이를 가져가며 카르나크가 혼돈 마력을 끌어냈다.

"이곳을 침해하는 자, 그 힘이 자신을 해하리라……."

희미한 마법진이 생성되더니 이내 감옥 석벽으로 스며들며 사라졌다.

뒤를 돌아보며 그가 말했다.

"다 끝났습니다."

벨튼 신관이 감사를 표했다.

"수고하셨소. 이제 사교도의 첩자가 수를 쓴다 해도 대처할 수 있겠지."

카르나크가 부탁받은 것은 지하 감옥 주위에 마법의 함정을 까는 일이었다.

사이샤 신전 내에 첩자가 있다면 감옥에 몰래 접근하다 이함정에 걸릴 것이다.

물론 알리우스나 벨튼 신관도 신성 주문으로 다양한 경계용 결계를 칠 수는 있다. 실제로 설치해 놓기도 했고.

하지만 신전 내에 첩자가 있다는 건 그자가 신성 주문에매우 익숙할 가능성이 높다는 의미다.

혹여 신성 결계를 우회할지도 모르니 안전하게 마법의 힘까지 빌린 것이다.

"우리도 마법사 협력자가 없는 것은 아니나, 전부 외지로출타 중이어서 말이오."

"그 협력자가 첩자가 아니라는 보장도 없고요."

감옥 바닥에 널브러진 사교도들을 보며 카르나크가 물었다.

"이놈들은 좀 아는 것이 있었습니까? 휴델에 대해 알 정도면 제법 높은 지위가 아닐까 싶은데요."

알리우스가 혀를 찼다.

"아쉽게도 다른 의미로 말단이더군요."

이미 사교도들에 대한 심문은 끝났다. 하지만 별로 건진 건 없었다.

리마이크가 아는 사교도는 암흑 추기경 휴델 1명뿐이었다. 영지 내의 다른 사교도들에 대해서는 전혀 몰랐다.

오직 휴델의 직속 명령만을 받아 온 것이다.

"말단은 말단인데 직속 말단이랄까요?"

지금처럼 휴델이 영지를 비웠을 땐 할 일이 없다는 듯했다.

괜히 칡뿌리나 캐러 돌아다니고 있었던 게 아니었다.

"반대로 휴델에게 연락할 때는 어떻게 합니까?"

"그런 건 없습니다. 그냥 일방적으로 명령을 받기만 하는 관계입니다."

심지어 다른 3명은 휴델이 검은 신의 교도란 것조차도 몰랐다. 그냥 리마이크가 시키는 대로 산맥 너머 7왕국 내 사교도와의 전령 역할만 맡고 있었다.

납득이 간다며 카르나크도 고개를 끄덕였다.

"하긴, 다들 별로 센 놈들도 아니었죠."

그래도 이 정도면 파사의 여단을 불러 증거로 내밀기엔 충분하다.

내일 아침이 되자마자 연락을 취하기 위해 칼라트 시티로 전령을 보낼 예정이었다.

"그러므로 이제부터 우리의 임무는……."

사교도들을 가리키며 알리우스가 말을 맺었다.

"파사의 여단이 도착할 때까지 저들을 안전하게 지키는 것이죠."

"……대충 이런 상황이래."

방으로 돌아온 카르나크의 설명에 바로스가 고개를 갸웃거렸다.

"전령을 굳이 내일 아침에 보내요? 그냥 지금 보내는 게 확실하지 않나?"

그게 무슨 악덕 고용주 같은 소리냐며 세라티가 눈을 흘겼다.

"바로스 경, 산 사람은 잠이란 걸 자야 한답니다."

그게 아니더라도 어둠을 뚫고 달릴 만큼 이 시대의 밤은 안전하지 않다. 허구한 날 언데드만 부린 바로스가 감이 없는 것이지.

"이렇게 된 이상 사교도들이 취할 행동은 둘 중 하나야."

첫 번째는 붙잡힌 동료들을 처리하는 것.

"파사의 여단이 도착하기 전에 싹 다 죽여서 입을 막으려 들겠지. 보아하니 굳이 구하려 들 만큼 필수적인 인재도 아닌 것 같던데."

두 번째는 그렌탈 백작가에 있을 사교도와의 관련 증거를 모조리 없애는 것이었다.

"만약 휴델이 영지를 지키고 있었다면 아마 이쪽을 택했겠지."

아무리 증인이 많아도 기껏해야 사교도일 뿐이다. 사교도 놈들이 거짓말하는 거라 우기면 감히 제국 귀족을 어찌할 순 없다.

단순히 혐의가 있는 것과 사교도로 낙인찍히는 것은 그만큼 격차가 크다.

"하지만 휴델이 자리를 비웠다며? 그럼 남은 이들이 함부로 증거를 없앨 수도 없어."

점조직의 단점이었다.

워낙 비밀스럽게 움직이다 보니 당사자가 아니고선 무엇이 중한 일이고 아닌지 판단을 내리기 어렵다.

결국 책임자가 자리를 비우면 남은 이들의 운신 폭도 크게 줄어든다.

결국 사교도들이 택할 방법은 전자뿐이다.

어떻게든 붙잡힌 동료들을 처리해야 한다. 그것도 최대한 은밀하게.

"설마하니 대놓고 우르르 신전으로 몰려오겠냐?"

그건 말 그대로 사교도의 난을 일으키는 게 된다.

그렌탈 영지 전체가 제국의 적이 되며, 휴델 백작 역시 빼도 박도 못하고 사교도로 낙인찍히는 행위다.

이 일대에 펼쳐 놓은 교세를 통째로 말아먹는 짓인 것이다.

"바보가 아닌 이상 그럴 리 없지."

분명 숨겨 둔 끄나풀을 활용해 몰래 처리하려 들 터.

"이 기회에 첩자들을 싹 훑어 내려는 모양이더라고."

덕분에 한동안 밤만 되면 시끄러워질 것이다.

사교도들이 해 지기만 기다려서 주야장천 암살자를 보낼 테니까.

"그러므로 우리가 할 일은 간단하다."

카르나크는 창밖으로 시선을 옮겼다.

저 멀리 성하 마을 너머, 밤의 달빛 아래 아스라이 그렌탈 백작의 성이 보였다.

"느긋하게 신전 밥 먹으면서 쉬다가, 알람 울리면 첩자 붙잡아 정보나 캐내면 되는⋯⋯."

그때였다.

순간 카르나크의 말문이 막혔다.

"⋯⋯어?"

풍경 너머로 자욱한 어둠의 기운이 스멀스멀 퍼지고 있었다.

익숙한 광경이었다. 바로 전생의 자신이 자주 펼쳤던 광경이었으니까.

온갖 좀비, 구울, 기타 악령이며 마물들 잔뜩 불러서 군단 만들고 척척 진군시키면 주변 기운이 죄다 오염되며 저런 풍경이 펼쳐지게 된다.

"저기요, 도련님?"

창밖을 내다본 바로스가 헛웃음을 흘렸다.

"대놓고 우르르 신전으로 몰려오고 있는데요?"

deadly night

자고 있던 라피셀까지 깨워 전원 무장을 갖춘 뒤, 카르나크 일행은 잽싸게 숙소 건물 밖으로 뛰쳐나왔다.

이미 신전은 아수라장이었다. 공포에 질린 신전 하인들이 패닉에 빠져 허둥대고 있었다.

"으아악! 언데드 군단이다!"

"마물들이 몰려오고 있어!"

반면 사이샤의 신관들과 병사들은 제법 침착하다. 애써 냉정을 유지하며 어떻게든 대처하고 있다.

"다들 무장을 갖춰라!"

"전원 위치로!"

신관들은 지팡이를 들었고, 병사들은 창칼을 쥐고 갑주를 걸쳤다.

아직 어려 전투에 참가하지 못하는 복사(服事)들도 성수반에서 성수를 퍼내며 언데드에 대한 대비를 하고 있었다.

카르나크는 주위를 둘러보았다.

'알리우스는? 벨튼 신관은?'

둘 다 안 보인다. 아직 지하 감옥에 있나 보다.

'일단 상황을 파악해야겠군.'

일행은 재빨리 신전 외벽으로 향했다.

대부분의 성이나 저택과 마찬가지로, 신전 역시 사람들이 우러러보는 곳에 짓는 것이 관례였다. 이곳 사이야 신전 역시 주변보다 지대가 살짝 높았다.

담장으로 다가가니 중년 신관 1명이 경계하며 물었다.

"당신들은 누구요?"

모르는 얼굴이 갑자기 나타났으니 경계할 법도 했다.

다행히 근처에 카르나크 일행을 아는 이가 있었다. 리마이크 일당을 호송할 때 벨튼 신관과 함께 왔던 병사들 중 1명이었다.

"7왕국에서 오신 하토바의 어둠사냥꾼들입니다."

"그러고 보니 오후에 손님이 왔다는 이야기를 들은 것 같구려."

일행에 대해 대략적으로 들었는지 병사가 소개를 이었다.

"카르나크 공은 6서클의 상급 마법사이십니다. 이 두 분은 레드 나이트시고요."

지금 같은 상황에서 이름이나 신분 같은 것보다 더 중요한 것은 실질적인 강함이다. 중년 신관의 표정이 눈에 띄게 환해졌다.

"사이샤의 은총이시로다!"

사이샤 신전의 협력자 중에도 오러 유저나 6서클 이상의 상급 마법사는 있었다.

하지만 전원 외지로 출타한 상태였다. 이곳은 원체 평화로운 영지였으니까.

현시점에선 카르나크 일행이 가장 강력한 전력인 것이다.

"상황이 어떻습니까?"

바로스의 질문에 중년 신관이 안색을 굳혔다.

"좋지 않소."

저 멀리 무수한 마물과 언데드 군세가 천천히 다가오고 있었다.

하늘로 사기와 탁기가 솟구치고 땅에는 한기가 안개처럼 퍼진다.

그 사이로 죽은 자가 걸음을 옮기고 또 옮긴다.

사방에서 음울한 소리가 울린다.

으으으으…….

우우우…….

상당한 숫자였다. 대충 세어 봐도 족히 수백은 되어 보였다.

신관이 한탄을 터트렸다.

"저놈들이 왜 이런 짓을 저지르는 건지 모르겠구려."

"오늘 낮에 사교도 일당을 사로잡은 일이 있었습니다. 아마 동료들을 구하러 온 것이겠지요."

카르나크의 답변에 신관이 이해 못 하겠다는 반응을 보였다.

"하루도 안 되어 저런 대군을 집결시킬 수 있단 말이오?"

"그게 사령술의 무서운 점이지요."

병사 수백 명을 집결시키는 건 하루아침에 되는 일이 아니다.

병사들 사는 집이며 마을에 일일이 전령 보내야 하고, 집결 장소까지 모이길 또 기다려야 하며, 모이고 나서도 편제 잡고 무기 배분해야 한다.

아무리 빨라도 최소 1주일은 걸린다.

하지만 수백의 언데드 군단이라면?

그냥 사령술사 10여 명에게 연락만 돌리면 끝이다.

연락 받은 사령술사들이 무덤에 가서 시체를 일으켜 올 테니까.

말 더럽게 안 듣는 살아 있는 병사와 달리 언데드는 명령에 무조건 복종하니, 편제를 잡거나 할 필요도 없다.

오후에 연락 돌리면 한밤중에 전원 집결해 진군하는 것도 충분히 가능하다.

'그걸 감안해도 제법 빨리 모인 것 같긴 하지만……'

몰려오는 언데드 군단 사이에 사령술사 말고도 살아 있는 사람들이 제법 보였다.

대부분 평범한 일상복에 창칼만 쥔 일반인들이었다. 심지어 쇠스랑이나 도리깨 같은 농업용 기구를 쥔 이들도 있었다.

'아무래도 이 영지에 숨어 있던 사교도들인 것 같은데. 생각보다 세력이 훨씬 큰 모양이군.'

언데드 군단과 신전의 거리가 점점 좁아진다.

중년 신관이 카르나크 일행에게 부탁했다.

"이제부터 신성 결계를 펼쳐 놈들의 접근을 막으려 하오. 그동안 저들의 예봉을 꺾어 주실 수 있겠소?"

"알겠습니다."

자리를 떠나 카르나크 일행은 외벽을 따라 이동했다. 전투를 벌일 적절한 위치를 찾기 위해서였다.

계속해 몰려오는 언데드 군단을 바라보며 카르나크가 혀를 찼다.

"사령술사 주제에 뭐 잘한 게 있다고 대놓고 싸돌아다녀? 저런 근본도 없는 놈들 같으니."

"저게 오히려 사령술사다운 것 아닙니까?"

바로스가 어깨를 으쓱였다.

"도련님도 왕년에 저런 짓 많이 하셨잖아요."

전생 때 카르나크 따라다니면서 바로스가 가장 많이 한 싸움이 언데드 군세 선두에 서서 칼 휘두르던 것이었다.

당장 트리스트 시티에서도 비슷했고.

카르나크가 눈을 흘겼다.

"나는 할 만해서 한 거잖아."

대규모 공세로 공포를 끌어내는 것은 분명 사령술사의 주무기 중 하나지만, 그것도 어디까지나 앞뒤 재어 보고 하는 짓이다.

"지금 같은 상황에 대규모로 군세를 일으켜서 득 될 게 뭐가 있냐고?"

아무리 생각해도 떠오르는 게 하나도 없었다.

사령술사답건 아니건 간에, 제정신 박힌 놈이면 이런 짓 안 한다.

"그런데 저놈들은 했지."

카르나크가 허탈한 듯 중얼거렸다.

"거참, 도대체 무슨 속셈인지 모르겠네."

───※───

좀비며 스켈레톤을 비롯해 온갖 마물들이 포진한 죽음의 군단 중심부.

해골 목걸이를 찬 검은 로브 차림의 사내 2명이 군단을 지휘하고 있었다.

저 멀리 사이샤 신전을 바라보며 한 사내가 물었다.

"정말 이래도 괜찮은 겁니까?"

중년 사내가 진지하게 대답했다.

"어찌 테스라낙의 말씀을 의심하는가, 세페데스."

검은 신의 교단 그렌탈 교구의 르헤인 주교였다.

"테스라낙께서 굽어살피시니 만사가 형통할지어다."

진지하다 못해 엄숙하기까지 한 그 목소리에 부교구장 세페데스는 인상을 썼다.

'댁! 댁의 판단이 의심스럽다고! 테스라낙의 말씀이 아니라!'

물론 감히 입 밖으로 꺼내진 않았다.

자신보다 월등히 강력한 사령술사 앞에서 솔직함이란 권장할 만한 미덕이 아니다.

대신 나직이 중얼거린다.

"그냥 은밀히 사람을 써서 뒤처리를 하면 될 일이었는데……."

용케 그 작은 소리를 들은 모양이었다.

"뒤처리라니? 올바른 신을 섬기는 우리가 어찌 이단자들처럼 추한 음모를 꾸민단 말인가?"

르헤인이 진지하게 세페데스를 꾸짖었다.

"무릇 바른길을 걷는 자는 당당해야 하는 법이다. 설마 교우를 버릴 셈은 아니겠지?"

아니, 보통은 버려야지. 버려야 사악한 비밀 교단이지.

'하지만 이 양반 앞에서 그런 소릴 할 수도 없고.'

답답해, 세페데스는 속으로 한숨을 쉬었다.

그는 강력한 사령술사가 되고 싶어 검은 신의 교단에 투신한 이였다. 솔직히 말하면 신앙은 그에게 있어 제일 큰 가치가 아니었다.

반면 르헤인은 테스라낙의 독실한 신도였다. 그렇기에 그 충성심을 인정받아 세페데스보다 높은 지위의, 더 강력한 사령술사가 된 것이다.

르헤인은 진심으로 믿고 있었다.

참고 기다리다 보면 새로운 세상이 열릴 것이라고.

그것이 언제냐는 질문에 검은 신의 교단은 이런 가르침을 내렸다.

—그날이 오면 모든 성도가 저절로 깨닫게 되리라!

세페데스가 보기에 저건 그냥 두루뭉술하게 뭉개 놓은 말에 불과했다.

정확하게 날짜 명시했다가 아무 일 없이 지나가 버리면 교인들의 믿음도 크게 흔들릴 테니까.

그런데 검은 신의 교단조차도 미처 생각 못 한 부분이 있었다.

세상엔 '내 상식이 모두의 상식이며, 내가 느끼는 건 모두가 똑같이 느낀다!'라고 진심으로 믿는 이가 의외로 많다는 사실을 말이다.

갈란트산에 숨어 있던 교우들이 사이샤 교단에 붙잡혔다는 소식을 들었을 때.

르헤인은 이것을 테스라낙이 내린 계시라 보았다.

지금이야말로 봉기를 일으켜 세상을 바꿀 첫 시작이라 생각했다.

왜 그랬냐고?

그렇게 느꼈으니까! 영적인 계시가 왔으니까!

'이것이 테스라낙께서 말씀하신 깨달음이로구나!'

실은 그냥 워낙 애타게 기다리다 보니 무의식중에 자기최면을 건 게 아닌가 싶지만, 어쨌든 르헤인 본인은 진심으로 믿었다.

지금이 테스라낙께서 말씀하신 바로 '그날'이라고.

그래서 세페데스에겐 일언반구도 없이 멋대로 연락망 돌리고, 교도들 봉기시키고, 마물 죄다 부르고, 열심히 빼돌린 온갖 시체들 싹 다 일으켜 군대 만들더니 사이샤 신전으로 척척 진군시켜 버린 것이다.

뒤늦게 세페데스가 알아챘을 땐 이미 돌이킬 수 없는 상황이었다.

'젠장, 제정신 박힌 인간이면 절대 이런 미친 짓은 하지 않을 줄 알았는데…….'

하긴, 광신도는 제정신이 아니니까 광신도인 법이다.

게다가 본인은 대단히 제정신이고, 세상 사람들이 정상이 아니라고 굳게 믿고 있지.

문제는 세페데스도 설마 르헤인이 이 정도로 광신도일 줄은 몰랐다는 점이었다.

애초에 점조직이거든. 서로 자주 안 만나거든.

일단 얼굴을 자주 봐야 본성을 파악하건 말건 할 것 아닌가?

점조직이란 게 비밀 유지엔 참 좋은데, 그 외의 모든 부분에서 단점투성이인 것이다.

세페데스가 암담해하는 동안에도 르헤인은 여전히 흥분에 겨워 있었다.

"비록 우리의 힘이 약하여 그동안 숨어 지냈으나……."

사방을 뒤덮어 가는 죽음의 기운 속에서 당당하게 목청을 돋운다.

"이제 떳떳하게 세상에 바른 가르침을 내릴 때가 왔도다!"

그의 명에 따라 언데드 군세가 더더욱 진군 속도를 높여 갔다.

저 멀리 사이샤 신전을 바라보며 세페데스는 머리를 굴렸다.

'이렇게 된 이상 어쩔 수 없군.'

다행히 강력한 마법사나 오러 유저 협력자 들은 신전에 남아 있지 않았다. 이 정도면 이쪽이 유리하다.

'일단 저들을 싹 쓸어버리고 모든 흔적을 지운 다음에……다음에…….'

생각이 멈췄다.

다음에 어쩌라고?

멀쩡하던 신전에서 갑자기 떼 몰살이 일어났는데 제국에는 대체 뭐라 변명을 할 것이며, 이후 몰려올 제국군과 파사의 여단은 무슨 수로 당해 내란 말인가?

아무리 생각해도 답이 없었다. 그저 두통만 닥쳐올 뿐이었다.

'일단 오늘 밤을 넘기고 마저 고민하자. 여기서 사이샤 신전을 몰살시키지 못하면 그 이후는 할 필요도 없는 걱정이니까.'

✳

카르나크 일행이 자리 잡은 곳은 본당과 헛간 사이의 커다란 외벽 위쪽이었다.

정면으로는 시야가 넓어 마법을 구사하기 용이하며, 좌우로 사이샤의 상징물이 세워져 만일의 경우 몸을 피할 수 있는 곳이다.

저 멀리, 검은 신의 교리를 읊어 대며 무장한 사교도들이 다가오고 있었다.

"죽음은 새로운 시작이니……."

"결코 두려워하지 말지어다……."

"테스라낙께서 길을 열어 주셨으니 기쁜 마음으로 따를 뿐이로다……."

세라티가 긴장하며 검을 뽑았다.

"슬슬 시작이네요."

좀비와 스켈레톤 무리도 수십 미터 앞까지 닥쳐왔다.

신전 측 지휘관이 소리를 질렀다.

"화살을 쏴라!"

전부 성수를 묻힌 화살이었다.

성스러운 힘이 언데드에 꽂히며 사방에서 폭발이 일어났다.

쾅! 쾅! 콰쾅!

하지만 그리 큰 효과는 보지 못했다.

언데드의 숫자에 비해 화살 숫자가 너무 적었다.

"이제 곧 새로운 세상이 열릴 것이니……."

르헤인이 노래하듯 중얼거리기 시작했다.

"우리가 그 첨병이 되리라!"

갑자기 언데드 무리의 속도가 빨라졌다.

일제히 대지를 박차며 신전을 향해 무서운 속도로 달리기 시작한다!

"온다!"

"사이샤여, 보우하소서!"

수백 구의 시체와 해골이 신전 외벽을 덮쳤다.

쿠우우웅!

격전이 일어났다.

음울한 포효와 처절한 비명이 신전 곳곳에서 울려 퍼졌다.

"크아악!"

"으아아아아!"

사방에서 사투가 벌어진다.

죽은 자와 산 자, 여신을 믿는 자와 어둠을 따르는 자들이 괴성과 포효를 터트리며 창과 칼을 마주한다.

"사이샤여, 은총을 내리사 당신의 검을 허락하소서!"

신관들이 일제히 축복의 기도를 올렸다. 신전 병사들의 무기가 성광으로 희미하게 빛났다.

"다들 침착해!"

"신관님만 계시면 좀비는 어려운 적이 아니야!"

몰려오는 좀비 떼를 향해 병사들은 축복받은 칼날을 용맹하게 휘둘렀다.

칼날이 지나갈 때마다 좀비들의 팔다리가 날아갔다.

"으어어어……."

"으어어……."

평소라면 팔다리 따위 날아가건 말건 무시하고 계속 공격해 왔을 것이다.

하지만 칼날에 깃든 신성력이 어둠의 기운을 억누른 탓에, 베인 좀비들은 순간적으로 몇 초가량 주춤하며 멈춰 버렸다.

그 짧은 틈을 노려 무자비한 공세를 가한다.

"계속 공격해!"

"일어나지 못할 때까지 썰어 버려!"

축복을 받았다 해서 칼날이 스치기만 해도 좀비들이 쓰러지거나 하는 것은 아니다. 하지만 한결 유리하게 싸울 수는 있을 것이다.

다른 쪽에선 배틀해머와 메이스 같은 둔기를 든 병사들이 스켈레톤 무리를 상대하고 있었다.

"이 해골바가지들!"

"죄다 박살 내 주마!"

칼로 뼈 자르는 건 보통 일이 아니지만 망치로 으깨 버리는 건 누구나 할 수 있다.

성광이 깃든 해머를 휘두르며 병사들은 미친 듯이 스켈레톤의 두개골을 부수어 댔다.

쿵! 쾅! 콰쾅!

요란한 굉음이 신전 곳곳에서 울렸다.

그 소음 사이로 레이스와 밴시가 밤하늘을 날아다니며 귀곡성을 터트렸다.

아아아아!

저런 유의 망령은 아무리 축복받은 무기를 쥐었다 해도 병사들만으론 상대하기 쉽지 않다.

실체가 없어서가 아니라 날아다니기 때문에. 사정거리 밖이라 공격을 할 수가 없는 것이다.

그래서 신관들이 나섰다.

허공에 수호부를 던지고 성수를 사방에 뿌린 뒤 신성 결계를 발한다.

"여신의 빛이 내 적을 비춘다!"

여러 신관들의 신성력이 결계를 통해 합쳐지며 하나의 권능으로 화했다.

하늘이 빛나며 여신의 빛이 연달아 망령들을 강타했다.

쿠우웅!

빛의 기둥 속에서 레이스와 밴시의 비명이 터졌다.

"꺄아아아!"

갑작스러운 습격에도 불구하고 사이샤 신전은 언데드 군단의 공세를 제법 버텨 내고 있었다.

역시 성직자야말로 사령술사의 천적이었다.

그리고, 검은 신의 교단 또한 이 사실을 매우 잘 알고 있었다.

"마물들을 보내라!"

르헤인이 2차 공세를 명했다.

수하 사령술사 4명이 정신을 집중해, 지배하는 몬스터들을 움직였다.

언데드 군단 너머로 새로운 그림자가 붉은 안광을 번득이며 내달린다.

"크아아아!"

"캬아아!"

오크와 놀 등의 이족 보행 마물은 물론이고 다양한 맹수형 마물들까지 모인 대규모 공세였다.

병사들이 욕설을 내뱉었다.

"젠장!"

"마물들이다!"

언데드 군단에 비해 숫자는 적지만 몬스터에겐 월등히 유리한 점이 있다.

놈들은 딱히 신성력에 취약하지 않은 것이다.

그런 마물들이 언데드와 손을 잡고 합공을 꾀하니 이내 상황이 역전되었다.

좀비와 스켈레톤은 일종의 버린 말이다.

언데드 군단을 선두에 세워 밀어붙여 방어 대열을 흩은 다음 마물 군단이 내려친다.

상당히 효율적인 전법이라 신전 입장에서도 상대하기가 까다롭다.

게다가 몰려오는 2차 군세에는 몬스터들만 있는 것이 아니었다.

"테스라낙께서 길을 열어 주셨으니……."

"기쁜 마음으로 따를 뿐이로다……."

수십 명에 달하는 사교도들이 반쯤 취한 상태로 신전 여기저기를 공격하고 있었다.

원래는 평범한 일반인들이지만 지금은 다르다.

'검은 신의 사도'라 불리는 교단 특유의 사령술로 신체 능력이 강화된 상태라, 어지간한 몬스터와 비교해도 떨어지지 않는다.

"이제 곧 새로운 세상이 열릴 것이니……."

"우리가 그 첨병이 되리라!"

신전 측 방어선이 순간 흔들렸다.

사교도들의 강함도 강함이지만, 그보다는 놈들의 면면 자체가 혼란을 주고 있었다.

"아니, 저자는 뒷집 사는 마이클이 아닌가?"

"라이언 아저씨?"

알고 보면 다들 동네 지인들인 것이다.

심지어 외지인인 카르나크 일행마저 아는 사람이 있을 정도였다.

"저거 우리 여관 주인이잖아?"

"어머, 저 사람도 사교도였어요?"

"……해 뜨면 짐부터 빼야겠구만요."

사방에서 사교도들의 기도문이 울려 퍼진다.

"오라, 새로운 세상이여!"

"검은 신의 은총이 온 누리에 내리는도다!"

다가오는 스켈레톤을 박살 내며 세라티가 미간을 찌푸렸다.

"다들 눈빛이 몽롱한 것이, 마약이라도 복용한 것 같은데요."

카르나크 일행을 돕던 젊은 성직자가 고개를 끄덕였다.

"마약을 풀어 교세를 넓히는 것도 사교도들의 주특기 중 하나니까요."

그는 심문관이 아닌 평범한 하급 신관이었다.

수준 높은 신성 주문은 못 쓰지만 그래도 현시점에선 꽤나 쓸모가 있었다.

성광을 펼쳐서 다가오는 언데드를 잠시 주춤하게만 만들어도 한결 상황이 편해진다.

성광으로 굳어 버린 좀비 세 마리를 동시에 쳐 날린 뒤 바로스가 황당해했다.

"아니, 마약 먹이는 종교를 대체 뭐가 좋다고 믿는 거야?"

세라티가 의아해하며 물었다.

[꼭 자신들은 저런 짓 안 했다는 것처럼 말씀하시네요?]

카르나크와 바로스가 당당하게 대꾸했다.

[우린 마약엔 손 안 댔어.]

[너무 비쌌거든요.]

[굳이 마약까지 이용해 노예를 만들 필요도 없었고.]

[죽이고 도로 일으키면 어차피 상태 비슷해지는데 왜 돈을 들입니까?]

세라티가 그럼 그렇지 하는 표정을 지었다.

[……손 안 대셨다니 그건 다행이네요.]

어쨌거나, 바로스가 황당해한 부분은 '어떻게 사람이 저런 사악한 짓을 저지를 수 있냐?'가 아니었다.

왜 저렇게 '눈에 뻔히 보이는 수작'에 사람들이 넘어갔는지를 모르겠다는 쪽이지.

그런데 알고 보니 사교도들에게도 나름대로의 논리는 있는 모양이었다.

검은 신의 교단은 현세의 쾌락을 부인하지 않는다. 오히려 마약으로라도 고통을 잊는 것이 진정 신의 품에 안기는 행위라 가르친다.

물론 마약은 위험하다. 당장은 쾌락에 빠질지 몰라도 자신의 삶을 망치는 결과를 낳을 뿐이다.

여기서 묻는 것이다.

−그대의 삶이, 과연 망치면 안 될 정도로 가치가 있는가?

마약으로 고통을 잊는 것이 뭐가 나쁘지?

스스로 삶을 끊는 것이 뭐가 나쁘지?

가망성 없는 미래에 매달리는 것이 어째서 올바른 길이지?

어차피 그대들의 삶은 앞으로도 변함이 없고, 오늘 같은 고통이 내일도 모레도, 죽을 때까지 반복될 뿐일 텐데?

테스라낙의 품에 안기면 고통스러운 삶 대신 죽음 너머의 새로운 인생을 얻게 된다.

새로운 인생이 기다리고 있는데 현세의 삶에 미련을 가질 이유가 뭐가 있을까?

그리고 현세의 삶에 미련이 없다면, 남은 시간을 고통 대신 쾌락으로 보내는 것이 왜 나쁜 일일까?

"……대충 이런 논리인 것 같더군요."

젊은 신관의 말에 카르나크가 혀를 찼다.

"그 논리면 그냥 빠르게 자살해야 하는 것 아닙니까?"

"자살하면 테스라낙이 새로운 인생을 안 준다더군요. 그래서 현세에서 선업을 쌓아야 한다나요?"

"거 교리 한번 편의주의적이기도 하지."

비웃음을 흘리며 카르나크는 계속 작렬의 마탄을 날렸다.

마탄이 명중할 때마다 온갖 마물들이 피를 흘리며 쓰러져 갔다.

다른 이들도 놀고 있지 않았다.

바로스와 세라티는 물론이고 라피셀마저도 압도적인 위용으로 주위를 초토화시키고 있었다.

"저 정도의 강자들이 아직 신전에 남아 있었나?"

치를 떨며, 르헤인은 더욱 많은 언데드 무리를 카르나크 일행 쪽으로 보냈다.

덕분에 신전 주위에서 유독 이 일대만 언데드들의 밀도가 한층 높아져 갔다.

전황을 지켜보던 카르나크가 슬며시 마법 지팡이를 들어 올렸다.

'슬슬 해도 되겠군.'

적절한 거리의 적절한 범위 내에 충분히 많은 언데드 무리가 모였다. 최고의 효율을 보일 수 있는 상황이었다.

지팡이로 외벽 바닥을 통통 두들기며 주문 영창을 시작한다.

"정명한 법칙의 힘으로 사법을 다스려 내 손에 놓을지니……."

희미한 빛의 파문이 퍼져 나가 대지로 스며든다.

섬세한 마력의 그물이 일대를 소리 없이 잠식해 간다.

지팡이를 들어 하늘을 가리키며 카르나크는 마지막 시동어를 외쳤다.

"나, 어둠의 죄악을 대속하는 자가 되리라, 리디머 오브 네크로맨시(Redeemer of Necromancy)!"

밤하늘이 열린다. 열린 하늘 사이로 찬란한 빛이 내리쪼인다.

사아아아!

강력한 마력의 빛이 파문의 형태로 좀비와 스켈레톤 무리를 덮쳤다.

거대한 동심원이 지나가는 모든 지점에서 찬란한 마법의 사슬이 솟구쳤다.

수십의 사슬들이 수십의 좀비들의 목을 감쌌다.

수십의 족쇄들이 수십의 스켈레톤들의 목을 감쌌다.

얽매인 언데드들이 기이한 기운을 풍기기 시작했다.

자욱한 어둠의 형상 위로 정명한 마법의 권능이 뒤섞인다.

제압된 언데드들이 일제히 몸을 돌렸다. 그리고 다른 언데드들을 덮치기 시작했다.

"으으으으!"

"크아아!"

수많은 언데드들이 서로 뒤엉켜 때리고 부수고 할퀸다.

그 광경을 본 신전 병사들이 당황해 서로를 돌아보았다.

"뭐, 뭐야?"

"이게 대체 무슨 일이지?"

반면 신관들은 무슨 일이 일어났는지 보다 확실하게 알 수 있었다.

"설마 상대의 언데드를 마법으로 지배한 겁니까?"

"세상에 어떻게 저런 일이……."

그리고, 반대편의 사령술사들 역시.

"저게 뭐야?"

"저놈 혹시 사령술사였나?"

"아니, 저건 틀림없는 마법의 힘이다……."

주위 반응을 즐기며 카르나크는 내심 미소를 지었다.

'역시 다들 쉽게 알아보는군.'

뭐, 국경 관문에서 마녀사냥을 할 때 이미 검증을 했으니 딱히 걱정하거나 하진 않았다.

상대의 사령술을 지배해 거꾸로 부리는 혼돈마법.

그는 이 수법을 한층 갈고닦아 결국 완전한 별개의 마법 술식으로 만드는 데 성공했다.

방금 시전한 대규모 사령술 지배 마법, 사법의 대속자 (Redeemer of Necromancy)였다.

"가라, 나의 종들이여! 명에 따라 내 적을 쳐라!"

카르나크의 명에 따라 사슬에 묶인 좀비와 언데드가 계속 사교도들을 몰아붙였다.

덕분에 전황도 조금씩 뒤집혀 갔다.

거의 뚫릴 뻔한 신전 병사 진영은 한층 안정을 찾고, 반대로 사교도들의 군세가 흩어진다.

당황한 르헤인이 마구잡이로 사령술을 난사하기 시작했다.

"무, 물러서지 마라! 테스라낙께서 보우하실 것이다!"

온갖 악령이 소환되어 허공을 춤춘다.

그를 본 카르나크가 눈을 빛냈다.

'저놈이 우두머리겠지?'

기회 되면 몰래 영혼을 빼돌려서 심문해야겠다며 군침을 삼킬 때였다.

콰앙!

갑자기 신전 반대쪽에서 폭발이 일어났다.

인상을 쓰며 카르나크가 고개를 돌렸다.

"뭐야, 별동대도 있었어?"

사교단의 부교구장 세페데스가 병력 일부를 빼내 양동작전을 펼친 것이다.

어차피 사교도들의 목표는 붙잡힌 리마이크 일당을 구하는 것이었으니까.

엄밀히 말하면 세페데스는 구하는 게 아니라 몰래 처리하려는 것이었지만.

'이러다 포로들을 빼앗기면 골치 아픈데.'

하지만 카르나크는 현재 사법의 대속자를 펼쳐 이 일대를 장악했으니 자리를 뜰 수가 없다.

"바로스, 네가 가라. 세라티도 같이 가고."

"혼자서 괜찮으시겠어요, 도련님?"

카르나크가 잿빛 머리 소녀를 턱짓했다.

"라피셀이 있잖아."

고개를 끄덕이며 두 사람이 몸을 돌렸다.

세라티가 당부의 말을 건넸다.

"라피셀, 카르나크 님의 호위를 부탁한다."

"네, 언니!"

라피셀은 재빨리 카르나크 곁에 붙었다. 그리고 내심 기뻐했다.

'아! 카르나크 님이 나를 이렇게나 믿어 주시는구나!'

물론 카르나크의 속생각은 전혀 달랐지만.

'얘가 언데드를 자주 상대하다 보면 혹시 과거 기억 돌아올지도 모르는데, 때 안 놓치고 원상 복구시키려면 내가 붙어 있어야지.'

언데드 군세를 노려보며 라피셀이 결연하게 말했다.

"걱정 마세요, 카르나크 님! 제 목숨을 걸고 지킬 테니까요!"

"어, 그래……."

참으로 순수한 눈동자였다.

정말 진심으로 그를 믿고 있는 것이다.

덕분에 또 한 번 가슴을 움켜쥐는 카르나크였다.

'저녁 먹은 게 얹혔나, 갑자기 왜 답답한 느낌이 들지?'

사이샤 신전 남쪽 경당.

수많은 마물들이 건물 안쪽으로 몰려들어 가고 있었다.

세페데스의 별동대였다.

사교도의 본대가 신전 서쪽을 공략하는 동안 지하 감옥으로의 침투를 시도한 것이다.

하나 이들은 목적지인 지하실까지 가지 못하고 경당 1층에서 가로막혔다.

두 성직자의 필사적인 항전 덕분이었다.

수십 명의 신도들이 미사를 올리던 넓은 예배당을, 수십마리의 마물들이 으르렁거리며 잠식해 간다.

놈들의 목표는 지하 감옥으로 내려가는 저 작은 출입문.

하나 쉽지 않았다.

출입문까지 가는 길은 좁은 회랑이었고, 알리우스와 벨튼이 필사적으로 지키고 있었다.

"어림없다, 이놈들!"

고함을 터트리며 벨튼 신관은 메이스를 연신 휘둘렀다.

타격계 신성 주문이 걸린 육중한 둔기가 다가오는 오크의 두개골을 박살 냈다.

퍼어억!

그 뒤를 놀 한 마리가 검을 휘두르며 달려온다.

이번엔 방패로 밀어붙이며 놀의 중심을 흩은 뒤 다시 한번 웅장한 일격을 가한다.

"타아앗!"

대부분의 성직자가 그렇듯 벨튼 역시 상당한 수준의 무술을 익혔다.

상황이 너무 급해 갑옷까지 챙기진 못했지만, 메이스와 방패를 교묘히 운용하며 몰려오는 마물들을 상대하고 있었다.

알리우스 역시 장검과 지팡이를 든 채 혈투를 벌이는 중이었다.

다가오는 늑대 마물을 검을 휘둘러 물러서게 한 뒤, 곧바로 지팡이를 들어 올리며 신성 주문을 외운다.

"하토바의 성창이 대지를 정화하리니!"

허공에서 푸른 광창이 생성되어 바닥에 꽂혔다.

사방으로 성광의 회오리가 일어났다. 소용돌이에 휘말린 늑대 마물들이 피를 흘리며 뒤로 물러섰다.

"캐애액!"

"크르르……."

알리우스의 안색이 어두워졌다.

'쳇, 역시 이 정도인가.'

마물들을 물러서게 만드는 데는 성공했지만 정작 숨통이

끊어진 놈은 없었다.

상대가 언데드였다면 이 정도로도 죄다 가루가 되어 버렸을 텐데, 생명체인 몬스터가 대상이다 보니 아무래도 주문의 위력이 감소한다.

와글와글한 마물들을 노려보며 벨튼 신관은 한탄하듯 중얼거렸다.

"맙소사, 이게 대체 무슨……."

지하 감옥에서 앞으로의 일을 의논하고 있을 때였다.

갑자기 바깥이 이상하게 시끄러워져 지상으로 올라와 보니 경비병들은 다 죽어 있고 마물들이 경당 안쪽으로 진입 중이었던 것이다.

허겁지겁 쓰러진 병사들의 무기를 주워 들어 마물들을 몰아낸 뒤 지하로 향하는 출입문을 막고 농성 중이었다.

"헉, 헉헉……."

전투가 시작된 지 몇 분 지나지도 않았는데 벌써 호흡이 가빠 온다.

숨을 몰아쉬는 둘을 보며 사령술사 하나가 조롱을 던졌다.

"어리석은 여신의 개들아, 고작 너희 둘이서 얼마나 버틸 수 있을 것 같으냐?"

아쉽게도 틀린 말은 아니었다.

알리우스는 머리를 굴렸다.

"제길, 어떻게 연락을 취할 방법이……."

경비병은 다 죽었다. 자신들은 건물 안에 갇혀 있는 상태다.

여기서 어떻게 해야 카르나크 일행을 부를 수 있을까?

'그렇지!'

갑자기 알리우스가 경당 천장에 지팡이를 겨누었다.

"하토바여, 당신의 광휘를!"

콰아아앙!

천장에서 폭발이 일어났다.

하지만 별로 위력이 세지 않아 창문만 좀 깨지고 마는 수준이었다.

"……알리우스 군?"

갑자기 남의 신전 창문은 왜 부수나 싶어 벨튼 신관이 어이없어할 때였다.

"이 정도면 밖에서도 소리를 들었겠지요?"

벨튼의 표정도 밝아졌다.

그 역시 천장을 향해 신성 주문을 날리기 시작했다.

"창문이 비싸다 해도 사람 목숨값보단 싸지!"

와장창하는 소리와 함께 성당 상층의 스테인드글라스가 연달아 깨져 나갔다.

이들의 계획을 눈치챈 세페데스가 서둘러 몬스터들을 움직였다.

"가라, 어둠의 종들아! 놈들을 모조리 도륙해 버려라!"

싸웠다. 정말 열심히 싸웠다.

하지만 워낙 마물들의 숫자가 많았다. 쉴 틈도 전혀 없었다.

퉁!

결국 벨튼은 메이스를 놓쳤다. 더 이상 아귀힘이 남아 있지 않았다.

사령술사가 비웃음을 흘렸다.

"말했잖느냐? 얼마 못 버틸 거라고."

엄청나게 오랜 시간 동안 싸운 것 같지만 실은 한 5분도 채 안 지났던 것이다.

"제길……."

욕설을 흘리며 알리우스가 마지막 힘까지 끌어내려던 차였다.

챙그랑!

갑자기 요란한 소리와 함께 마물들의 머리 위로 유리 조각이 떨어졌다.

무엇인가가 경당 천장의 스테인드글라스를 부수며 날아들고 있었다.

"헙!"

짧은 기합과 함께 붉은 섬광이 몬스터들 사이를 누빈다.

순식간에 오크 다섯 마리를 오체분시 시킨 거구의 기사가 사뿐히 바닥에 착지한다.

알리우스가 반색을 하며 외쳤다.

"바로스 경!"

뒤이어 붉은 머리의 미녀도 허공에서 내려왔다.

낙하와 동시에 현란한 빛의 궤적으로 주위 마물들을 죄다 썰어 버린다.

공간을 확보한 뒤 세라티가 뒤를 돌아보며 물었다.

"무사하신가요, 두 분?"

벨튼 신관이 안도의 한숨을 쉬었다.

"덕분에 살았소, 세라티 경."

"지하 감옥은요?"

"아직은 안전하오."

"그럼, 이놈들만 처리하면 된다는 소리네요."

몬스터들이 주춤거리며 뒤로 물러났다.

둘의 투기검에서 풍기는 기세가 워낙 강렬해 본능적으로 기피하는 것이다.

그 틈에 알리우스가 벨튼을 부축해 출입구 안쪽에 앉혔다. 그리고 지팡이를 고쳐 쥐며 다시 일어났다.

"잠시 숨을 고르십시오, 벨튼 신관님. 그동안 이곳은 저희가 맡겠습니다."

전투에 있어 성직자 단독으로는 별 전력이 되지 못한다.

하지만 든든한 전사들이 앞을 지켜 주는 순간 그들은 최고의 효율을 발휘한다.

"하토바여! 당신의 아이들에게 은총을 내리소서!"

여신의 축복이 바로스와 세라티를 감쌌다.

두 사람이 곧바로 땅을 박차고 뛰쳐나갔다. 예배당 곳곳에서 피 보라가 일어났다.

"크아아악!"

"아아악!"

1급 심문관의 보조까지 받은 두 오러 유저의 위력은 과연 엄청났다.

바로스와 세라티가 지나간 자리마다 연신 피의 길이 열렸다.

삽시간에 마물 떼를, 회랑을 넘어 예배당 맞은편까지 밀어붙인다.

"으으……."

"이 정도의 강자가 아직 신전에 남아 있었다니……."

마물을 조종하던 사령술사들이 기겁해 뒤로 물러났다.

그리고 경갑 차림의 검사 3명이 그 사이로 모습을 드러냈다.

"오러 유저인가?"

"그럼 우리가 나설 차례로군."

세라티가 인상을 썼다.

놈들의 검이 칠흑의 빛으로 빛나고 있었다. 어깨 너머로도 희미한 검은 연기가 아지랑이처럼 피어오른다.

"암흑투기……."

바로스는 희미한 미소를 입가에 띠었다.

익숙한 기운에, 익숙한 모습이었다.

"다크 나이트로군요."

※

암흑 기사, 다크 나이트.

오러를 각성하지 못한 기사들이 사령술의 힘으로 유사 투기를 얻어 사용하는 경우였다.

죽음의 기사인 데스 나이트의 생육신 상태로, 왕년 바로스도 거쳐 갔던 직종(?)이다.

칠흑의 투기검을 겨누며 놈들이 차갑게 웃었다.

"레드 나이트라."

"제법 실력이 있어 보이지만……."

"테스라낙의 은총을 입은 우리의 적은 아니다."

마냥 허세로 치부할 수만은 없었다.

암흑투기는 그 특성상 경지를 알아보기 힘들지만 풍기는 기세만으로도 대략적인 유추는 가능하다.

셋 다 결코 세라티의 아래가 아니었다. 최소 레드 나이트

이상이었다.

'만만찮은 상대네.'

긴장하며 그녀가 손가락을 풀 때였다.

"그래, 어둠의 오러 유저시라 이거지?"

바로스가 대뜸 물었다.

"그런데 왜 이제까지 안 나섰냐, 너희들?"

"뭐?"

순간 이해가 안 가 다크 나이트들이 멍한 표정을 지었다.

"저기 말이야, 저기. 지하 감옥."

바로스가 지하실로 향하는 출입구를 가리켰다.

"처음부터 나섰다면 우리 오기 전에 목적 달성했을 텐데?"

맞는 말이다.

처음부터 다크 나이트가 3명이나 덤벼들었다면 지켜 줄 방패가 없는 성직자들은 순식간에 목이 떨어졌겠지.

"그런데 왜 이제까진 안 싸우고 있었는데?"

잠시 머뭇거리다가 한 놈이 대꾸했다.

"……만일을 대비해 동료들의 뒤를 지키고 있었을 뿐이다."

"그럴 리가?"

바로스는 콧방귀를 뀌었다.

"기껏 힘 얻었으니까 멋있게 등장하고 싶었지?"

그 역시 다크 나이트이던 시절이 있었다.

스스로의 노력이 아니라 타인의 능력으로 힘을 얻은 이가 무슨 생각을 하는지 뻔히 안다.

"이쪽에서 오러 유저라도 나오면 그때 짠 하고 나타나서 폼 잡으려고 했던 거잖아."

"무, 무슨 헛소리냐!"

얼굴이 붉어진 것이, 본심을 찔린 모양이었다.

심지어 다른 사령술사들조차 '뭐야? 그런 거였어?'라는 눈 빛을 보냈다.

"괜찮아. 다 이해해."

바로스의 조롱이 이어졌다.

"누가 봐 주지도 않던 하류 인생, 평생 칼질해 봐야 투기 하나 못 익히고 빌빌대며 살았는데 갑자기 힘이 생겼잖아? 그럼 당연히 멋있게 등장해서 폼나게 투기검 휘두르고 싶겠 지. 태생부터 진짜 잘난 놈들처럼 말이야. 아무렴, 다 이해한 다니까."

"다, 닥쳐라!"

얼굴이 시뻘게진 다크 나이트들이 일제히 몸을 날렸다.

어둠의 투기검을 휘두르며 신경질적인 분노를 터트려 댄 다.

"시건방진 놈!"

"네놈의 팔다리를 자른 뒤 살려 달라고 빌게 해 주마!"

사방에서 날아드는 암흑투기를 보며 세라티는 내심 감탄

했다.

'이런 거였구나.'

적을 앞에 두고 갑자기 왜 저리 조롱을 하나 했는데, 다들 냉정을 잃어 칼끝이 초보자처럼 흔들리고 있었다.

고작 말 몇 마디만으로 적의 평정을 훌륭히 흔든 것이다.

그녀도 체내의 오러를 폭발시키며 마주 검을 날렸다.

붉고 검은 양쪽의 투기검이 허공에서 충돌했다.

검력은 다크 나이트가 더 높았는데 정작 밀어붙인 건 세라티 쪽이었다.

너무 흥분해서 상대의 투기 운용이 개판이었던 덕이다.

"타앗!"

내려치는 기세를 흘리며 반발력을 실어 되치기를 노린다.

강렬한 참격이 다크 나이트의 가슴팍을 길게 그어 간다.

"크아아악!"

피를 흘린 채 쓰러지며, 상대가 허망한 목소리를 흘렸다.

"이, 이 빌어먹을 이교도가…….”

바로스는 더욱 쉽게 상대하고 있었다.

"쯧쯧, 싸움은 먼저 열 받는 쪽이 진다니까."

좌우로 암흑투기검이 날아드는데 오러의 흐름이 연신 불규칙적으로 흔들린다.

저렇게 큰 빈틈을 놓치기에는 그의 경력이 너무 높았다.

바로스가 검을 채찍처럼 가볍게 휘두르다 걷어 냈다.

콰앙!

투기의 충돌음과 함께 둘의 칼날이 진동했다.

오러로 암흑투기를 휘감아 역류시킨 것이었다.

일반적인 오러 유저라면 사실 큰 문제는 아니다. 그냥 호흡이 꼬이며 순간적으로 숨이 막히는 정도에 불과하다.

하지만 다크 나이트는 달랐다.

'사실 암흑투기가 건강에 썩 좋은 건 아니거든.'

두 놈이 동시에 검은 피를 토했다.

"크, 크어억!"

"쿨럭!"

비틀거리는 상대에게 다가가며 웅장한 참격을 날린다.

콰쾅!

폭음과 함께 다크 나이트들이 벽으로 날려 갔다.

죽지는 않았지만 상당한 충격을 받은 모양인지 둘 다 축 늘어져 버린다.

지켜보던 사령술사들이 믿을 수 없다는 표정을 지었다.

"다크 나이트가 저렇게 쉽게?"

"말도 안 돼! 오러 유저에 필적하는 전사들이거늘!"

사령술사들을 돌아보며 바로스는 피식 웃었다.

"이들은 약해서 쓰러진 게 아니야. 멍청해서 쓰러진 거지."

그리고 싸늘한 눈빛을 보냈다.

"자, 이제 댁들이랑 면담할 차례인가?"

"멍청해서 졌다라……."

쓰러진 다크 나이트들을 보며 세페데스는 쓴웃음을 지었
다.

"할 말이 없군. 아무것도 못 해 보고 당해 버렸으니 말이
지."

오히려 차분해진 그 모습에 바로스가 속으로 혀를 찼다.

'이런, 도발이 과했나?'

세페데스가 양팔을 들어 올렸다.

그를 중심으로 사령력이 요동치며 사방으로 뻗어 갔다.

"아무것도 못 했으니……."

쓰러진 다크 나이트들로부터 검은 연기가 빠져나오기 시
작했다.

놈들의 힘의 근원이었던 암흑투기였다.

"……덕분에 어둠의 오러도 거의 소모하지 않았다!"

암흑투기가 허공에서 뭉치더니 깨진 창문을 통해 예배당
밖으로 흘러 나갔다.

세라티가 인상을 썼다.

'뭘 하려는 거지?'

곧이어 사방에서 검은 그림자들이 경당 안으로 뛰어들었
다.

정문을 부수고 깨진 창문을 넘어서며 하나둘 모습을 드러낸다.

"죽음은 테스라낙의 품에 안기는 것……."

"두려워할 이유가 없으니……"

"진정한 신을 위해 이 몸을 바치리라!"

숫자는 20명 남짓, 얼핏 보기엔 창칼이며 농기구 등을 든 평범한 사교도들이었다.

·그런데 이어진 광경이 평범하지 않았다.

우우웅!

전원의 무기에서 칠흑의 투기가 솟구친 것이다.

놀란 세라티가 눈을 크게 떴다.

"암흑투기? 저 많은 수가?"

1명, 1명의 기운이 레드 나이트에 필적한다. 방금 쓰러뜨린 다크 나이트와 비교해도 떨어지지 않는다.

"설마 저게 전부 다크 나이트라고요?"

알리우스가 가라앉은 목소리로 중얼거렸다.

"블랙 서번트로군요."

다크 나이트는 암흑투기를 사용한다는 차이점만 있을 뿐, 오러를 효율적으로 운용한다는 부분은 기존의 오러 유저와 별 차이가 없다.

반면 블랙 서번트는 한순간에 암흑투기를 때려 넣어 단시간에 소모시킨다.

잠깐 동안은 오러 유저에 필적하는 위력을 보일 수 있지만 주입한 투기를 전부 소모하면 그걸로 끝이다.

게다가 사용자도 종국엔 목숨을 잃게 된다.

한순간에 모든 기운을 압축한 탓에 육체가 버티지 못하고 붕괴해 버리는 것이다.

말하자면, 암흑투기를 구사하는 일회용 꼭두각시 인형.

알리우스가 입맛이 쓰다는 표정으로 말을 이었다.

"그러니까, 시한부 오러 유저 같은 겁니다."

"얼마나 오래 가는데요?"

"30분 정도?"

"오래도 가네요······."

이런 위업을 보이고도 세페데스는 영 속이 쓰린 표정이었다.

'제길, 저놈들 때문에 기껏 모은 암흑투기를 전부 날리게 됐군.'

사람 목숨을 우습게 아는 사령술사에게도 블랙 서번트는 그다지 매력적인 술법이 아니었다.

기껏 모은 아까운 어둠의 기운을 반 시간 만에 다 날리는데?

당연히 다크 나이트로 만들어 알뜰살뜰 오래오래 쓰는 게 좋지.

하지만, 손해가 큰 만큼 위력도 확실하다.

적어도 30분 동안은 무려 20명이 넘는 오러 유저를 부리게
되는 것이다.

"그래, 면담한 소감이 어떠신가?"

세페데스의 비아냥거림에 바로스는 고소를 머금었다.

"멍청하다곤 못 하겠군."

사소한 손해에 연연하다 더 큰 피해를 보는 이가 세상에
어디 한둘이던가?

반면 세페데스는 과감하게 결단을 내려 상황을 바꿨다.

암흑투기를 발하는 블랙 서번트들이 서서히 포위망을 좁
힌다.

"테스라낙이시여……."

"굽어살피소서……."

아무리 투기량이 비슷해도 사실 저들을 다크 나이트와 견
줄 순 없다.

원래는 평범한 일반인들, 제대로 무술을 익히지 않은 이
들이다. 게다가 지금은 마약으로 인해 몽롱한 상태이기까지
하다.

일대일이라면 무조건 다크 나이트가 이긴다.

문제는 숫자다.

"아무리 그래도 스물은 너무 많지."

바로스가 고개를 끄덕였다.

"재활 훈련은 여기까지구만."

갑자기 붉은 섬광이 세페데스를 노리고 날아들었다. 말하는 도중에 대뜸 투기검을 던져 버린 것이다.

막 검이 세페데스를 꿰뚫으려는 찰나, 블랙 서번트 하나가 암흑투기를 휘두르며 앞을 막아섰다.

콰앙!

굉음과 함께 붉은 투기검이 허공으로 튕겨 나갔다.

깜짝 놀란 세페데스가 흥분해 외쳤다.

"그, 그까짓 기습이 통할 것 같으냐! 미리 대비하고 있었……."

말이 채 끝나기도 전에 몇 발자국 떨어져 있던 다른 블랙 서번트의 머리통이 뎅겅 잘려 나갔다.

"크어억!"

희미한 신음과 함께 피 분수가 쏟아진다.

사령술사들이 멍한 표정을 지었다.

'어?'

'뭐야?'

'왜 엉뚱한 놈이 죽어?'

멀리서 지켜본 세라티만 상황을 파악하고 있었다.

튕겨 나간 투기검이 허공에서 방향을 바꾸더니, 크게 호선을 그리며 다른 블랙 서번트의 뒤통수를 노린 것이다.

명령에 따라 세페데스를 지키는 것만 신경 쓰고 있다 보니 전혀 반응하지 못한 모양이었다.

"일단 하나."

몸을 날리며 바로스가 손목을 까닥였다.

차르르륵!

떨어진 장검이 기이한 음향과 함께 그에게로 돌아왔다.

붉은빛의 사슬이 손목과 장검 사이에서 모습을 드러냈다. 오러로 만든 사슬이었다.

그제야 세라티도 상황을 이해했다.

'저걸 이용해 허공에서 방향을 바꾼 거였구나.'

검을 도로 쥐며 바로스가 예배당 외곽으로 돌았다. 가까운 블랙 서번트 셋이 그를 쫓았다.

정면과 좌우에서 이글거리는 암흑투기가 순차적으로 날아들었다.

바로스도 지면을 기어가듯 자세를 낮추며 반격했다.

예리한 찌르기로 상대의 공세 사이로 파고들며 카운터를 날린다!

"크억!"

블랙 서번트의 목구멍이 뻥 뚫리며 검은 연기가 솟구쳤다.

심드렁한 바로스의 목소리가 희미하게 울렸다.

"둘."

아직 끝나지 않았다.

달리는 기세를 살려 몸을 튼다. 상대를 찌르며 지나간 붉은 투기검이 갑자기 허공으로 솟구친다. 쫓아오던 암흑투기

역시 함께 휘말려 빗나가 버린다.

그 틈에, 번개 같은 내려 베기가 아래로 뚝 떨어졌다.

붉은 섬광이 남은 두 놈의 목과 가슴을 순차적으로 베어 갔다.

"셋, 넷."

남은 두 놈 역시 피와 탁기를 쏟으며 비명과 함께 쓰러져 버렸다.

사령술사들은 말문을 잃었다.

잠깐 뭐가 번쩍한 것 같은데 벌써 4명이나 잃은 것이다.

심지어 블랙 서번트 같은 경우는 일회용이라 한번 쓰러지면 암흑투기를 재활용할 수도 없다.

치를 떨며 세페데스가 고함을 질렀다.

"놈들을 포위해! 한꺼번에 덤비란 말이다!"

<hr />

블랙 서번트들이 한꺼번에 몰려온다.

사령술사들도 어깨 너머로 사기를 피워 낸다.

"기습으로 재미 보는 건 여기까진가?"

바로스가 혀를 찼다.

하지만 딱히 긴장한 것 같지는 않았다.

"두 사람은 지하실 입구를 지켜 줘요."

세라티와 알리우스가 놀라 외쳤다.

"혼자서 저 숫자를 상대하려고요?"

"무립니다!"

바로스가 머쓱한 표정을 지었다.

"아, 그게 사실……."

사람 좋은 미소와 함께 오른손을 턴다.

"그렇게 무리까진 아니에요."

차르륵!

또다시 붉은 오러의 사슬이 길게 늘어졌다.

흠칫 놀라 세페데스가 뒷걸음질을 쳤다. 블랙 서번트들도 그 앞을 가로막았다.

곧바로 사슬검이 춤을 추며 현란한 호선을 그렸다. 동시에 사람 하나가 펑 터졌다.

콰아앙!

사방에 육편이 날린다.

희생자는 세페데스가 아니었다. 그렇다고 블랙 서번트들도 아니었다.

옆에서 상황을 지켜보던 다른 사령술사였다.

설마 자신을 공격할 줄은 꿈에도 상상 못 하다가 허망하게 당한 것이다.

"뒤에 숨어서 뭔가 쏘는 놈들 특징이 하나 있지."

사슬검을 빙빙 돌리며 바로스가 차갑게 웃었다.

"한발 뒤에 있는 것만으로도 자기 일이 아닌 줄 알더라고. 왜 앞에 선 사람들부터 죽어 갈 거라 생각하는 거지?"

세페데스의 안색이 창백해졌다.

'사령술사와의 싸움에 이골이 난 놈이다!'

칼날이 심장을 관통할 때 이미 사령술사는 즉사했다.

그런데 일부러 오러를 폭발시켜 시체까지 박살 낸 것이다.

시체를 남겨 두면 사령술로 재활용할 것이 뻔하니까.

"자, 다시 간다!"

고함을 지르며 바로스가 몸을 날렸다.

사슬검을 뻗어 내며 선두의 블랙 서번트를 노린다. 상대가 암흑투기로 검을 쳐 낸다.

튕겨 나간 사슬검을 허공에서 조종하며 오히려 천장에 박아 넣는다. 그리고 잡아당기며 단숨에 예배당 공중으로 몸을 띄운다!

"타아앗!"

허공에 떠 있는 것은 전투에서 그리 좋은 선택지가 아니다.

하지만 허공에서 운신이 자유로우면 이야기는 전혀 달라진다.

사슬검이 연달아 블랙 서번트들을 덮쳐 갔다.

뱀처럼 사방으로 뻗어 나가 휘감고 내려치고 으깨 버린다.

요란한 쇳소리가 방울뱀의 경고음처럼 울려 퍼진다.

차르르륵!

연거푸 쏟아지는 폭력의 뇌우에 블랙 서번트들도 암흑투기를 휘두르며 애써 맞섰다.

확실히 놈들의 위력도 무시할 것은 아니었다. 스치기만 해도 바로스 역시 치명상을 각오해야 할 수준이었다.

스치기만 하면.

"안 맞아."

아무리 암흑투기검을 휘두르고 찔러 넣어도 환영처럼 빠져나가…….

"헙!"

상대의 빈틈을 파고들며 절명의 일격을 가한다!

"으아악!"

"크억!"

요란한 비명 사이를 물 흐르듯 빠져나오며 바로스는 흐뭇한 듯 웃었다.

"아, 오랜만에 이 기술을 써 보네, 진짜."

데스테란류 사슬검.

라케아니아 제국의 어둠을 지배하던 대륙 최강의 범죄 집단, 서치 블랙의 두목이자 은검기의 경지에 오른 오러 유저이기도 한 실버 나이트 데스테란의 고유 검술이다.

데스 나이트가 되기 전 다크 나이트 시절의 바로스가 애용했던 기술이기도 했다.

그동안은 오러양이 부족해 무리였는데 이제야 시전이 가능해진 것이다.

　완전히 상황을 지배하는 그의 무위에 세페데스가 질린 듯 뇌까렸다.

　"저놈, 이제까진 진지하게 싸우지 않았던 건가?"

　바로스가 피식 웃었다.

　"에이, 당연히 진지하게 싸웠지. 설마 목숨이 걸려 있는데 대충 싸웠겠어?"

　거짓말은 아니었다. 실제로 진지했다.

　진지하게 상대의 기량을 파악하고, 진지하게 싸움을 진행했다.

　"다만 지금은……."

　말이 끝나기도 전에 바로스가 바닥을 박차며 재차 몸을 날렸다.

　"진지하게 죽이고 있고."

※

　사령왕 카르나크의 최고 심복, 데스 나이트 로드 바로스.

　전생의 그는 분명 세계 최강의 무인 중 하나였다.

　하지만 그 이전에 세계 최악의 살인마이기도 했다.

　너무나 많은 사람을 죽이고 또 죽여, 영혼의 편린에조차피 냄새가 배어 있는 타락한 존재.

오러의 사슬이 지옥의 꽃처럼 피어올라 검붉은 핏물을 사방팔방으로 뿌려 댄다. 사방에 붉은 검광이 가득 퍼진다.

바로스의 모습은 채 보이지도 않았다. 사슬검만이 혼자 살아서 멋대로 춤추는 것 같았다.

차르르륵!

그저 마음이 가는 대로 검을 움직인다.

뜻대로 행해도 살육의 도리에 한 치의 어긋남이 없다.

콰콰콰콰쾅!

무자비한 폭음이 무자비한 비명 사이로 메아리쳤다.

"아악!"

"으아아악!"

그럼에도 이를 지켜보는 세라티와 알리우스는 별 위화감을 느끼지 못했다.

지금 바로스가 죽이는 자들은 사악한 사교도와 사령술사니까.

인간은 서 있는 위치에 따라, 같은 행위를 해도 전혀 다르게 받아들여지는 것이다.

알리우스가 혀를 내둘렀다.

"바로스 경이 저 정도일 줄은 몰랐습니다. 못 본 사이 정말 엄청나게 강해지셨군요."

세라티가 허탈한 표정을 지었다.

"내내 붙어 다닌 저도 저 정도일 줄은 몰랐어요……."

적은 물론이고 아군조차 경악하는 가운데, 바로스는 착실히 블랙 서번트의 숫자를 줄여 갔다.

초조해진 세페데스가 남은 사령력을 총동원했다.

"오라, 심연의 고통받는 영혼들이여!"

살아남은 사령술사 둘 역시 권능을 끌어낸다.

"일어나라, 죽음을 속여 네 다리로 땅을 걸어라……."

망령들이 예배당 허공을 떠다니고 죽은 마물들이 언데드가 되어 다시 일어난다.

바로스는 살짝 인상을 썼다.

'마지막 발악인가?'

궁지에 빠진 쥐가 고양이를 문다는 이야기가 있다.

물론 쥐가 고양이 물어 봤자 결국 잡아먹히는 건 마찬가지다. 하지만 물린 고양이가 안 아프단 소리도 아니다.

사슬검을 거두며 그가 슬쩍 전언을 날렸다.

[세라티 경!]

스펙터 무리가 귀곡성을 터트리며 예배당 상공을 휘몰아친다.

아아아아!

몬스터 좀비 떼가 으르렁대며 밀려들어 온다.

"크르르……."

"크르⋯⋯."

바로스가 사슬검을 크게 돌리기 시작했다.

오러의 사슬이 올올이 풀리며 반경 수 미터 내의 모든 것이 투기검의 파괴 영역에 휘감겼다.

콰콰콰쾅!

경당 곳곳이 부서져 내린다.

하지만 딱히 스펙터나 몬스터 좀비들의 피해는 없다. 다들 범위 밖으로 피한 것이다.

대신 블랙 서번트들이 덤벼 왔다.

칠흑의 투기검이 붉은 사슬검과 얽혀 오러의 파문을 일군다.

연신 터지는 굉음 속에서 수차례의 공방이 이어진다.

갑자기 바로스가 사령술사들을 노려보며 강렬한 살기를 터뜨렸다.

"헙!"

얘랑 싸우다 쟤를 때리는 바로스의 치사한 전법은 이제 사령술사들도 익히 알고 있었다.

놀란 사령술사들이 몬스터 좀비를 움직여 앞을 막았다.

그때였다.

두 사령술사의 가슴에서 피 묻은 칼날이 불쑥 돋아났다.

죽어 가는 사내들의 눈동자에 핏발이 선다. 김빠진 호흡 소리가 희미하게 울린다.

놀란 세페데스가 눈을 크게 떴다.

"뭐, 뭐지?"

쓰러진 사령술사들 뒤로 붉은 머리의 미녀가 모습을 드러 냈다.

분명 방금 전까지 지하실 출입구 지키고 있던 세라티였다.

'언제 저기에?'

쥐도 새도 모르게 예배당을 빙 돌아 사령술사들 등 뒤로 온 것이다.

바로스의 지시였다.

애초에 출입구 지키란 말은 일부러 들으라고 한 소리였고, 진짜 속셈은 따로 있었다.

[분위기 봐서 몰래 사령술사들 좀 처리해 줘요!]

그래서 열심히 눈치 보다가 사람들 시선이 바로스에게 쏠 릴 때, 슬쩍 출입구를 벗어나 경당 벽을 타고 돌았다.

장검 두 자루 들고 사령술사들 등 뒤로 접근한 뒤, 바로스 의 살기가 둘의 신경을 집중시키는 틈에 푹!

덕분에 정말 쉽고 간편하게 적 둘을 처리해 버렸다.

세페데스까지 해치웠다면 더 좋았겠지만 이것도 충분히 훌륭한 성과였다.

바로스도 아낌없이 칭찬을 건넸다.

"잘했어요, 세라티 경!"

세라티가 쪼르르 출입구로 돌아갔다.

알리우스가 어이없다는 듯 물었다.

"아니, 언제 거기 갔었습니까?"

바로 옆에 붙어 있던 그조차 눈치채지 못한 걸 보며, 세라티는 새삼 바로스의 말을 이해했다.

'이래서 눈이 있다고 다 보고 있는 것은 아니라는 거구나.'

시야에 들어와 있어도 의식을 집중하지 않으면 그 부분은 안 본 거나 마찬가지.

뭔가 깨달음을 얻은 기분이었다.

그것이 뭔지 아직은 잘 모르겠지만.

그동안 몬스터 좀비들은 하나둘 픽픽 쓰러지고 있었다.

조종하던 사령술사들이 죽어 버렸으니 더 이상 술법도 유지되지 않는다.

남은 건 블랙 서번트 5명과 세페데스가 부른 망령들뿐.

"이놈들만 처리하면 끝이군."

바로스가 의기양양하게 웃었다.

세페데스가 악귀처럼 오만상을 찌푸렸다.

"아, 아직이다! 아직 지지 않았어!"

망령들이 폭포처럼 바로스를 향해 쏟아지기 시작했다.

사슬검을 돌려 방패처럼 막아 내며 바로스가 뒤로 물러섰다.

"알리우스 씨!"

스펙터를 소환한 건 실수다. 이곳엔 고위 성직자가 무려

둘이나 있는 것이다.

"하토바의 빛이 이 땅에 내리는도다!"

"사이샤여, 당신의 광휘로 부정한 것들을 몰아내소서!"

기다렸다는 듯 알리우스와 벨튼이 대규모 정화 주문을 펼쳤다.

날아오던 망령들이 성광에 붙잡혀 허공에서 버둥대기 시작했다.

아아아아!

그 틈에 또 세라티가 슬그머니 출입구에서 벗어나더니 세페데스를 향해 돌진한다.

순간 세페데스의 눈에서 불꽃이 튀었다.

"이 개 같은 놈들이!"

한 번 당했으니, 이젠 세라티의 위치에도 내내 신경을 쓰고 있었다.

"누굴 바보로 아느냐! 어딜 또 속이려고?"

블랙 서번트들이 몸을 날리며 그녀의 뒤를 잡았다.

그리고, 그 등 뒤를 바로스가 확보했다.

이제까진 적을 이용했으니, 이번엔 아군을 이용해 상대의 집중을 흩어 놓은 것이다.

[좋은 미끼 감사.]

세라티는 당황하지 않았다.

[네, 많이 써먹으세요.]

어째 이렇게 될 것 같았달까?

슬슬 그녀도 이 작자들의 사고방식에 꽤나 익숙해진 뒤였다.

바로 몸을 돌리며 블랙 서번트들을 앞뒤에서 협공한다.

두 사람의 투기검이 화려하게 춤췄다.

5 대 2의 상황임에도 불구하고 지형적 위치와 타이밍을 선점당하니 몰리는 건 블랙 서번트 쪽이었다.

"크억!"

"으아악!"

결국 모든 블랙 서번트가 쓰러졌다.

기껏 부른 망령들 역시 알리우스와 벨튼의 신성력을 버티지 못하고 소멸해 버렸다.

남은 건 사령력이 바닥나 빈혈을 일으키는 세페데스뿐.

"비, 빌어먹을……."

검을 겨누며 바로스가 싸늘한 어조로 말했다.

"항복해라."

"……내가 항복할 수 있을 것 같으냐?"

세페데스가 어깨를 축 늘어뜨리며 웃었다.

"후후후……."

절망에 빠진 얼굴로 힘없이 뇌까린다.

"순진한 여신의 아이들이여, 너희들은 진정한 어둠이 얼마나 가혹한지 모른다."

그러자 바로스와 세라티가 미묘한 표정을 지었다.

"어, 음……."

"그, 그건 좀……."

글쎄, 이 두 사람이 과연 순진한 여신의 아이들일지는 논의가 필요하지 않을까 싶다만.

어쨌든 세페데스는 모든 걸 포기한 모양이었다.

"적어도 뒷감당 고민할 필요는 없어졌군……."

한숨과 함께 그의 체내에서 어둠이 움직였다.

사교도 특유의 자살법, 심장 폭발이었다.

기운을 감지한 바로스는 순간 당황했다.

'아차!'

그러고 보니 지금 이 자리엔 카르나크가 없다.

그리고 설령 있더라도 신관이 둘이나 있으니 영혼 수거 따윈 못 한다.

저놈이 자살 못 하게 막아야 한다는 소리다.

'그런데 어떻게? 저걸 어떻게 말려?'

평생 살고자 하는 놈 죽이기만 한 바로스였다. 죽고자 하는 놈 살려 본 경험은 없다.

'으아, 어쩌지?'

생각은 길었지만 실제론 찰나였다.

어느새 세라티가 번개같이 달려들어 세페데스의 턱주가리를 강하게 갈긴 것이다.

타앙!

목이 팽 돌아가며 세페데스는 그 자리에서 무너져 내렸다.

당연히 심장 폭발도 도중에 멈췄다.

"끄어어⋯⋯."

목뒤의 경추를 쳐서 기절시키는 것에 비해 턱 끝을 돌려 의식을 날리는 쪽이 훨씬 간단하다.

물론 턱뼈가 박살 난다는 사소한(?) 단점이 있긴 한데, 어쨌건 목숨은 붙여 놓았으니까.

"왜 머뭇거렸어요?"

머쓱해하며 바로스가 뒷머리를 긁었다.

"안 해 본 짓이라 반응이 늦었어요. 나중에 이것도 연습해야겠네."

실소를 흘리며 고개를 젓는 세라티였다.

"바로스 경도 못하는 게 있긴 했군요."

⁂

심야의 전투는 사이샤 신전의 승리로 끝났다.

몰려온 언데드 군단은 전부 처치했고 대부분의 사교도들도 죽이거나 쓰러뜨렸다.

살아남은 이들은 모조리 제압해 감옥에 넣었다.

개중엔 그렌탈 영지의 대주교 르헤인과 부교구장인 세페

데스도 있었다.

자살 방지를 위해 재갈을 물리고 신성력으로 정신을 억압해 놓았으니, 전원 혼절한 상태로 감옥 바닥에 쓰러진 상태였다.

이후 신전 주위의 언데드들과 마물 사체들을 모조리 태웠다.

사령술사가 상대라면 사체를 그대로 두는 것은 병력을 보충해 주는 것이나 마찬가지의 행위였다.

굳이 저 이유가 아니더라도 썩기 전에 처리를 해야 하는데, 저 많은 숫자를 일일이 묻어 줄 순 없었다.

여기까지 뒤처리를 하고 나니 슬슬 아침 해가 떠올랐다.

사방이 밝아지는 것을 보며 사이샤 신전의 신전장, 트라크는 지시를 내렸다.

"칼라트 시티로 전령을 보내게. 파사의 여단에 연락을 취해야 해."

80이 다 되어 가는 노인이라 전투에는 참가하지 못하고 숨어 있다가 이제야 밖으로 나온 것이었다.

이런저런 지시를 내린 뒤 트라크가 카르나크 일행에게 정중히 고개를 숙였다.

"하토바의 협력자분들에게 실로 큰 은혜를 입었소. 이제 남은 일은 우리에게 맡기고 좀 쉬시구려."

카르나크가 고개를 저었다.

"저흰 괜찮습니다. 마저 돕게 해 주십시오."

공감 능력 따위 없는 그였지만, 위선을 떠는 데는 또 일가견이 있다.

적당히 분위기 맞춰 말을 이었다.

"모두들 힘겹게 움직이고 있는데 어찌 저희만 쉴 수 있겠습니까?"

"우리를 위하여 휴식을 취해 달라고 말씀드리는 것이오. 혹여 사교도 놈들이 다시 쳐들어오면 어찌 되겠소?"

카르나크 일행이 없었다면 사이샤 신전의 전력만으로는 간밤의 사교도들을 물리치지 못했을 것이다. 푹 쉬고 전투력을 회복하는 게 오히려 돕는 길이다.

뭐, 카르나크도 저렇게 나올 줄 알고 마음에도 없는 소릴 한 것이지만.

"그럼 실례하겠습니다."

일행이 자기 방으로 돌아가는 동안, 알리우스는 벨튼 등 사이샤의 고위 신관들과 함께 앞으로의 일을 의논했다.

"이제 어찌하시렵니까?"

"늦기 전에 신전 전사들을 모아 그렌탈 백작 성으로 가야지요."

현재 백작 성엔 영주인 휴델이 없다.

이 틈에 성을 급습해 사교도 관련 증거를 최대한 압수해야 하는 것이다.

"다들 피로가 심하지 않겠습니까?"

다른 신관 1명이 우려를 표했다.

벨튼이 고개를 저었다.

"압수수색뿐만이 아니오. 백작 성의 기사들과 병사들 또한 사교도에 의해 무슨 일을 당할지 모르지 않소? 먼저 손을 써야 하오."

합당한 의견이었다.

"지금 당장 병사들을 움직이겠습니다."

✳

카르나크는 분명 순순히 방으로 돌아갔다. 하지만 얌전히 방에서 대기할 생각은 없었다.

"라피셀, 짐 지키고 있어."

"네, 카르나크 님!"

라피셀을 자연스럽게 떼어 놓은 뒤 바로스와 세라티를 대동해 지하 감옥으로 향한다.

입구를 지키던 경비병들이 일행을 보자 경례를 올렸다.

"앗! 카르나크 공!"

"바로스 경!"

카르나크가 감옥 안쪽을 가리켰다.

"잠깐 사교도들을 심문하고 싶네. 잠시 자리를 비켜 줄 수 있겠나?"

"예, 알겠습니다."

경비병들은 바로 자리를 떴다.

아무도 의심하지 않았다.

이들에게 있어 카르나크 일행은 사악한 사교도로부터 신
전을 구해 준 영웅인 것이다.

영웅이 아니더라도 딱히 의심할 이유는 없었다.

자기들이 붙잡은 사교도를 자기들이 심문하겠다는 것이
뭐가 이상할까?

자신들만 남자 카르나크는 재빨리 차음 결계부터 쳤다. 그
리고 쓰러진 르헤인과 세페데스를 노려보며 히죽 웃었다.

"자, 이놈들은 쓸 만한 정보를 지니고 있으려나?"

평소 같으면 일단 죽이고 영혼부터 뽑았겠지만 지금 같은
상황에선 무리다.

자살도 못 하게 가둬 놓은 놈들이 갑자기 픽 죽어 버리면
당연히 의심을 살 테니까.

"굳이 죽여야 할 이유도 없고."

마침 알리우스는 출타 중, 다른 신관들도 대부분 자리를
비웠다.

카르나크가 검지를 들었다.

"대가리에 바늘 꽂기 좋은 날이다."

바로스가 기다렸다는 듯 감옥 입구에 서서 밖을 살폈다.

"망보고 있을게요."

세라티가 눈을 가늘게 떴다.

"……또 그 짓 하시게요?"

카르나크가 어깨를 으쓱였다.

"나도 많이 사람다워졌지?"

제 딴엔 칭찬인 줄 알았나 보다.

대체 뭐라 해야 할지 몰라 그녀는 미간만 짚었다.

'끄응, 그래도 죽여서 영혼 뽑는 것보단 나은 건가?'

잠시 후, 감옥 내부에 처절한 비명이 울렸다.

"으아아악!"

차음 결계 탓에 외부로는 절대 새어 나가지 않는, 고요 속의 비명이었다.

✳

1시간 뒤, 카르나크는 싱글벙글 웃으며 도로 지하 감옥을 나왔다.

르헤인과 세페데스는 물론이고 그 외 다른 사교도들의 머릿속까지 알뜰살뜰하게 헤집은 후였다.

이 근방의 사교도들에 대한 정보 역시 충분히 얻었다.

"아, 보람찬 하루였다."

자기 방으로 돌아가 이제야말로 모자란 잠을 청한다.

그렇게 한숨 푹 자고 배가 출출해져서야 다시 눈을 떴다.

슬슬 밥때 안 되었나 싶어 입맛을 다시며 방을 나설 때였다.

"으잉?"

신전 앞뜰에 피투성이 패잔병들이 가득 주저앉아 있었다.

사이샤 신전의 신관들과 병사들이었다.

'설마 자는 사이에 또 사교도들이 쳐들어왔나?'

그럴 리는 없다.

대규모 전투가 터졌는데 그것도 눈치채지 못하고 깊은 잠에 빠졌다고?

그 정도로 둔했으면 사령왕 되기도 전에 진작 죽었다.

하지만 그렇다면 이 치열한 전투의 흔적은 대체?

패잔병들 사이로 지친 모습의 알리우스가 보였다.

황급히 다가가 보니 그가 일행을 돌아보며 한숨을 쉬었다.

"아, 카르나크 공……."

황당해하며 바로스가 물었다.

"대체 무슨 일이 있었던 겁니까?"

알리우스와 벨튼을 비롯한 10여 명 신관들이 100여 명의 병사들을 대동한 채 성하 마을을 가로지른다.

그들을 본 마을 주민들이 눈치를 보며 슬금슬금 피했다.

"신관님들이 아침부터 무슨 일이시지?"

"그런데 어째 분위기가……."

인상이 평소와 달리 사납다.

간밤에 격한 전투를 벌인 후였으니 다들 표정이 좋을 리 없는 것이다.

그렇게 성하 마을을 통과해 언덕을 올라 그렌탈 백작 성의 성문 앞까지 도달했다.

이제 백작가의 기사들과 병사들을 설득해 휴델이 사교도라는 증거를 찾을 차례.

성문은 굳게 닫혀 있었다.

성을 살피며 벨튼 신관이 중얼거렸다.

"이상하군. 아직까지 문을 열지 않을 리가 없는데."

성문 위쪽에서 문지기 2명이 슬그머니 머리를 내밀었다.

신관 중 1명이 그들을 보며 고함을 질렀다.

"사이샤의 이름으로 명한다! 그렌탈 백작가가 사교와 관련되었다는 의심이 있으니 어서 성문을 열어라! 지체하면 그대들 역시 이단의 혐의를 받게 되리라!"

당연히 문지기들이 공포에 질려 냉큼 문을 열 것이라 생각했다.

그만큼 제국에서 이단의 혐의를 받는 것은 두려운 일이니까.

그런데 반응이 어째 예상 밖이었다.

"흥!"

"더러운 이교도 놈들!"

문지기들이 욕설과 함께 화살을 날리는 것이 아닌가?

"헉!"

"저, 저놈들이?"

허겁지겁 신관들이 신성한 방패 주문을 펼쳤다.

공격은 부실해도 방어는 철저한 게 신성 주문의 특징인지라 화살은 맥없이 튕겨 나갔다.

신관 중 1명이 문지기를 보며 억울하다는 듯 외쳤다.

"아니, 달린 군! 어떻게 자네가 내게 화살을 쏠 수 있나? 자네가 결혼할 때 내가 주례도 봐 줬는데!"

문지기 하나가 무심코 고개를 숙였다.

"죄, 죄송하니……."

그러다가 새삼 이럴 상황이 아니란 걸 깨달았다.

"……가 아니라, 내 주인은 오직 한 분뿐이다!"

존댓말했다가 반말했다가 오락가락한다.

같은 동네 아는 사람들끼리 서로 칼을 겨누게 되니 상황이 영 어색한 듯했다.

문지기들이 성문 너머로 사라졌다. 뒤로 물러서며 신관들이 서로를 바라보았다.

"설마 그렌탈 백작 성이 통째로 사교도에게 먹힌 건가?"

"그렇다면 최악의 상황입니다만……."

아무래도 최악의 예상은 맞아떨어진 것 같았다.

성문 위로 한 무리의 기사들이 모습을 드러냈다.

"오랜만이오, 벨튼 신관."

그렌탈 백작가 최강의 기사이자 적색급 오러 유저이기도 한 안센트였다.

그 뒤로 다른 백작가 기사들과 5서클의 마법사 카미로스도 보였다.

"안센트 경······."

인상을 쓰며 벨튼이 물었다.

"설마 자네들마저 사교도였단 말인가?"

정면에 선 30대의 기사, 안센트가 벨튼을 내려다보며 차가운 미소를 지었다.

"누가 사교란 말이냐? 테스라낙 님이야말로 진정 세상을 구할 유일한 분이시거늘!"

틀림없다. 저들 모두가 사교도의 손에 떨어졌다.

벨튼은 한탄을 터트렸다.

"내가 심각한 착각을 했구나······."

간밤의 전력이 사교도의 전부인 줄 알고 신관들과 병사들만 대동했다.

지금은 카르나크 일행도 없다.

사교도들 사이에 오러 유저와 마법사까지 있다면 싸워 봤자 결과는 뻔하다.

"다들 후퇴하게!"

벨튼의 명령에 신전 병사들이 눈치를 보며 언덕 아래로 물러서기 시작했다.

"흥! 누가 곱게 보내 줄 것 같으냐?"

그 모습을 지켜보던 마법사 카미로스가 지팡이를 들어 올렸다.

"오라, 안개여, 스며들듯 새어 나와 사방을 가려라!"

* * *

정신없이 언덕을 뛰어 내려와 성하 마을로 들어설 때였다.

순간 신관들은 주위를 둘러보며 당혹했다.

거리 전체가 텅 비어 있었다.

"이건 무슨?"

"사람들이 어디 갔지?"

분명 아까까지 분주하던 인파가 싹 사라져 버렸다. 귀신에 홀린 듯한 기분이었다.

벨튼이 이를 갈았다.

"사교도 놈들, 무슨 수작을 부리는 게냐?"

사방에서 기이한 소리가 울렸다.

사아아아…….

안개가 점점 끼기 시작한다.

어찌나 짙은지 길 건너 건물조차 흐릿해질 정도로 뿌연 안개다.

이러다 완전히 길을 잃게 될 지경이었다.

알리우스가 지팡이를 들었다.

"하토바여, 당신의 빛으로 길을 밝히소서!"

눈부신 빛이 안개를 뚫고 사방을 밝혔다.

덕분에 마을 윤곽이 희미하게나마 다시 시야에 들어왔다.

그 희미한 윤곽 너머로 뭔가가 몰려들고 있었다.

"테스라낙이시여……."

"우리를 구원하소서……."

사라졌던 마을 주민들이었다.

다들 멍한 눈으로 기이한 말을 읊조리며 신관들에게 다가
오고 있었다.

간밤의 다른 이들처럼 마약에 취한 것이 분명해 보였다.

"또 사교도 놈들인가?"

"그런데…… 너무 많지 않습니까?"

대화를 나누다 말고 신관들은 흠칫 놀랐다.

아무리 사교단의 세력이 크다 해도, 성하 마을 주민 전부
가 사교도라는 건 말도 안 되는 이야기다.

죄 없는 일반인들이 마약에 취한 채 정신 지배를 당하고
있을 가능성이 더 크다.

"그렇다는 건…… 설마 간밤의 그들도……."

끔찍한 진실에 신관들은 전율했다.

사교도인 줄만 알고 가차 없이 목숨을 거두었는데, 신실한 여신의 신민들일지도 모른다고?

"아아, 사이샤시여……."

"이 죄를 어찌할 것인가……."

알리우스가 절망에 빠진 신관들에게 소리를 질렀다.

"다들 정신 차리세요! 지금은 이곳을 빠져나가는 게 우선입니다!"

"……태양이 떠 있는 덕분에 사령술의 힘이 많이 약화되었습니다. 조종당한 마을 주민들 역시 간밤의 사교도들만큼 강하진 않았지요. 덕분에 그럭저럭 상대할 수 있었습니다."

문득 알리우스가 안도의 한숨을 쉬었다.

"운 좋게 사교도의 마법사가 실수를 한 점도 있고요."

신전 병력의 발목을 잡기 위해 짙은 안개를 마을 전역에 깔아 놓은 것이 문제였다.

보통은 한 치 앞도 보이지 않는 안개 속에서 길을 잃어야 정상이겠지만, 사이샤의 신관들도 사교도들과 마찬가지로 대부분 이 영지 사람들이었다.

여기서 평생을 살았고, 매일 이런저런 업무로 성하 마을을 들락거렸다.

그런데 고작 안개 좀 짙게 끼었다고 길을 잃을 리가 있나?

오히려 안개 때문에 제정신 아닌 주민들이 신관들의 위치를 놓치는 경우가 더 많았다.

"그래서 간신히 성하 마을에서 탈출해 신전으로 돌아올 수 있었습니다."

이야기를 듣던 카르나크는 저 멀리 언덕 위의 그렌탈 백작 성을 노려보았다.

'성이 통째로 먹혔다고?'

최대한 정신을 집중하니 슬슬 사기가 감지된다.

'하이고, 완전히 판 깔아 놨구나.'

너무 멀어서 미처 못 알아챘는데, 아주 작정하고 사령결계로 도배를 해 놓았다.

이 거리에서도 사기가 느껴질 정도면 근접한 경치는 가히 동화책에 나오는 마왕성급일 터였다.

함께 도망쳐 왔던 다른 신관이 두려운 듯 중얼거렸다.

"이제 놈들이 어떻게 움직일지 모르겠군요……."

세라티가 고개를 저었다.

"어떻게 움직일지는 사실 뻔해요."

태양이 떠 있어서 용케 도망쳐 나올 수 있었다고 하지 않았나?

"해가 지길 기다려, 밤이 되면 다시 공격해 오겠죠."

그러자 병사들의 안색이 굳었다. 다들 간밤의 혈투가 떠오른 탓이었다.

신관들이 수군거리기 시작했다.

"어쩌죠?"

"잠시 신전을 떠나 칼라트 시티로 대피하는 것은 어떻습니까?"

"그게 무슨 소린가? 사이샤를 섬기는 우리가 더러운 사교도들에게 굴복하자는 건가?"

"놈들이 원하는 건 결국 증거인멸이니 포로들만 잘 데리고 있으면……."

"이미 이렇게나 일이 커졌는데 증거 따위가 의미가 있습니까?"

벨튼이 고함을 터트렸다.

"다들 신전을 떠나는 일은 있을 수 없다!"

단순히 성직자로서의 자존심이나 신앙심 같은 이상 때문이 아니었다.

그냥 현실적으로 불가능했다.

사이샤 신전은 상당한 규모를 지니고 있고, 이곳에 소속된 신관과 병사의 수도 100명이 넘어간다.

"이 대인원이 한꺼번에 이동하면 대체 어떻게 되겠나?"

신전이라면 다양한 신성 결계도 설치되어 있고, 구조적으로도 농성을 하기 좋은 건축물이다.

반면 길바닥에서 사교도의 습격을 받으면 진짜 몰살당할

수도 있다.

"이곳에서 놈들과 맞서 싸워야 해."

다행히 신전 병사들 중에 부상자는 많아도 사망자는 거의 없었다.

그리고 신관들은 다 죽어 가는 사람을 도로 일으켜 전장으로 내모는 데 특화된 직업이었다.

카르나크 일행도 있으니 며칠 정도는 버틸 수 있을 것이다.

모두를 독려하며 벨튼 신관이 각오 서린 목소리를 뱉어 냈다.

"여기서 파사의 여단이 도착할 때까지 기다리는 것이 최선이라네."

그날 밤, 또다시 언데드 군단이 몰려왔다. 세라티의 예상대로였다.

하지만 그녀의 예측이 틀린 부분도 있었다.

몰려온 언데드는 좀비와 하급 마물 사체뿐이었다.

숫자도 그리 많지 않았다. 기껏해야 100여 구 정도?

신성 주문의 비호를 받는 병사들이라면 어렵지 않게 해치울 수준이었다.

도무지 이해하기 힘들다.

이미 확인된 사교도의 세력만 해도 적색급 오러 유저와 5서클 마법사, 일반 기사가 아홉에 백작 성의 병력은 거의

100명에 달한다.

여기에 숨어 있는 사령술사와 검은 신의 신도들은 또 얼마나 될 것인가?

그런데 왜 저들은 코빼기도 보이지 않고 하급 언데드인 좀비나 마물의 군세만 밀어붙이는 걸까?

"도저히 모르겠군."

"왜 저런 쓸데없는 힘 낭비를 한단 말인가?"

다들 혼란에 빠졌다.

카르나크만 내심 쓴웃음을 지을 뿐이었다.

'나도 처음엔 좀 헷갈렸지.'

르헤인과 세페데스를 심문하고 나서야 겨우 저들의 행태가 이해가 갔다.

저들은 사령술사이기 전에 검은 신의 교도였다. 비밀스러운 사교도들이란 소리다.

'이게 바로 점조직의 한계구만.'

이 일대의 총책임자인 휴델은 자리를 비웠다.

그가 없을 때 교도들을 책임지던 대주교 르헤인은 붙잡혔다.

그나마 현실적으로 머리가 돌아가던 세페데스도 포로가 되었다.

그럼 이제 남은 건?

서로 이름만 대충 알지 얼굴도 잘 모르는 몇몇 중간 관리

직들끼리, 익숙하지도 않은 대장 노릇을 해야 하는 것이다.

　–휴델 백작님이 돌아오시길 기다려야 한다!
　–아니다! 어서 이교도들을 처단하고 동료들을 구해야 한
다!

　파벌이 둘로 갈렸다.
　백작 성 안에 틀어박힌 부류와 좀비 끌고 신전으로 쳐들어
가는 부류로.
　이 경우 후자가 월등히 세력이 약하다.
　왜냐면 저들의 주축이 바로 르헤인과 세페데스인데, 주 전
력을 죄다 몰고 가 간밤에 몰살당했거든.
　덕분에 이렇듯 애매한 공세로 끝난 것이다.
　이후에도 밤만 되면 언데드 군단이 몰려왔다.
　여전히 소소한 좀비와 마물의 군세 수준이었다.
　당연히 어렵지 않게 막아 냈다.
　하지만 해가 떴다 해서 다시 백작 성으로 쳐들어갈 수도 없
었다. 현 사이샤 신전에 그 정도의 전력은 존재하지 않았다.
　해가 떴다고 유리해질 만큼 신전 측이 강하지도 않고, 해
졌다고 이길 만큼 언데드 군세가 강하지도 않은 것이다.
　물론 카르나크 일행이 진심으로 덤벼들면 상황을 바꿀 수
있을지도 모른다.

하지만 일부러 신전에 머물며 전면에 나서지 않았다.

"우리가 너무 날뛰어도 문제야."

휴델이 일단 영지로 돌아와야 한다. 그래야 붙잡아 정보를 빼내건 말건 할 것 아닌가?

"그런데 놈이 돌아오기도 전에 상황 끝나 버리면 어떡해?"

그럼 상대도 어디론가 숨어 버릴 터.

"그때까지는 우리도 몸 사리고 있어야지."

━━◈◈◈━━

그렌탈 영지의 사교도가 난을 일으킨 지 이레째.

대로를 통해 마차 한 대가 지나가고 있었다. 제도에서의 업무를 마치고 귀향 중인 휴델 백작이었다.

영지에 들어서며 휴델은 마차 창문을 열었다.

이제 곧 백작 성이 보이리라.

오랜만에 그리운 집으로 돌아왔으니 푹 쉬며 여독을 풀 생각이었다.

그렇게 고개를 돌려 성을 바라보는 순간…….

"어?"

휴델은 눈을 깜빡였다.

백작 성 주위로 시꺼먼 기운이 풀풀 풍기고 있었다.

하늘엔 먹구름이 껴 있고 주위로는 망령들이 오가고 성하 마을은 안개가 잔뜩 껴 음산한 분위기를 한껏 풍긴다.

황당해진 휴델이 신음을 흘렸다.

"……이게 무슨?"

풍비박산

그렌탈 백작 성의 영주 집무실.

휴델은 업무용 테이블에 앉아 머리를 싸맨 채 한숨을 내쉬고 있었다.

"하아아……."

앞에 도열하고 있는 10여 명의 사내들이 그의 눈치를 보았다.

"백작님?"

"추기경 각하?"

좌측이 그렌탈 백작가의 기사들, 우측이 영지에 숨어 지내던 검은 신의 교도들이었다.

휴델이 잠시 고개를 들었다. 그리고 서 있는 작자들의 면면을 차례로 훑은 뒤 도로 고개를 숙였다.

다시금 깊은 한숨이 터져 나온다.

"하아아아아아……."

평소보다 보름 정도 지체했을 뿐이다.

엘레자르가 뜬금없이 사용한 마검을 도로 수거하라는 명령을 내렸기에, 제도에 숨어 있는 검은 신의 교단에 관련된 지시를 내리느라 일정이 조금 늦어진 게 전부였다.

그런데 돌아와 보니 집안 꼴은 풍비박산이 나 있고 자신은 현상 수배범이 되기 일보 직전인 것이다.

'이게 대체 뭐야?'

울고 싶은 기분을 애써 누르며 상황을 파악해 보니, 실상은 더욱 가관이었다.

'뭐? 사이샤 신전에 전면전을 걸었어?'

르헤인 그 인간이 광신도스러운 점이 있다는 건 휴델도 알고 있었다.

하지만 그만큼 교세를 늘리는 데 능했기에 큰 단점은 아니라고 생각했는데 이렇게 초대형 사고를 칠 줄이야?

"도대체 무슨 생각으로 대놓고 신전에 쳐들어간 건가?"

백작령의 기사들이 기다렸다는 듯 반대쪽에 선 이들을 성토했다.

"그러게 말입니다!"

"대체 왜 이런 어리석은 짓을 저지른 건지!"

반면 르헤인 일파는 전전긍긍 눈치만 본다.

"저희도 살짝 의심스럽긴 했는데……."

"르헤인 대주교님이 시키신 것이라……."

"테스라낙 님의 뜻이라고 하시기에……."

한심해하며 휴델은 변명하는 이들에게서 눈을 뗐다. 그리고 힐끔 창밖을 내다보았다.

자욱한 안개 사이로 악령 몇 마리가 설렁설렁 돌아다니고 있었다.

아직 벌건 대낮이라 그리 위세가 강하진 않았지만, 애초에 지금 시간대엔 저런 게 돌아다니면 안 된다.

한심해하는 휴델의 시선이 휘하 기사들에게로 옮겨졌다.

"이왕 사고를 쳤으면 뒷수습이나 잘할 것이지, 왜 성은 이 모양으로 만든 건가?"

이번엔 르헤인 일파가 흥분해 소리쳤다.

"그러게 말입니다!"

"대체 왜 이런 어리석은 짓을!"

백작령의 기사들이 어색하게 대답했다.

"성에는 신관들이 보아서는 안 될 것이 많잖습니까?"

"저들을 안으로 들일 순 없으니……."

"영주님이 안 계셔서 어찌해야 할지 몰랐습니다."

이해는 간다.

저들이 받은 임무는 백작 성을 지키는 것이고, 그래서 시킨 대로 했을 뿐이다.

저들이 평범한 기사들이라면 딱히 잘못한 건 없다.

문제는 저들이 검은 신의 교도들이기도 하다는 점인데…….

'우리 교단엔 아직 이런 상황에 대한 지침이 따로 없었군, 그러고 보니.'

항상 일이 터질 경우 꼬리만 자르고 몸통을 보존하는 방법만 써 오다 보니, 이렇게 몸통까지 노출되는 경우는 처음인 것이다.

휴델은 씁쓸한 미소를 지었다.

'그래, 어차피 터질 일이긴 했지.'

갈란트산 사건은 그저 방아쇠에 불과하다.

검은 신의 교단이 대륙 전역에 세를 떨친 지도 벌써 5년이 넘었다. 핍박받고 살던 이들에게도 어느 정도 힘이 생겼다.

힘이 생기면 쓰고 싶은 것이 인지상정.

안 그래도 테스라낙의 이름으로 세상을 벌해야 한다는 목소리가 교단 내에서 점점 커지고 있었다.

이제까진 힘이 없어 참았지만 이젠 세상을 바꿀 능력이 있지 않냐는 것이다.

물론 아직은 때가 아니다.

세계는 여전히 강력하다. 7여신교 역시 굳건하다.

하지만 모든 사교도들의 안목이 저 사실을 이해할 만큼 깊은 것은 아니니까.

휴델은 애써 냉정을 되찾았다.

이미 일은 터졌다. 이제 와서 르헤인을 원망해 봐야 상황이 바뀌진 않는다.

일단 제국의 움직임부터 파악해야겠다.

"신전 쪽에서 외부로 연락을 취했나?"

그의 질문에 수하들이 차례로 대꾸했다.

"칼라트 시티로 전령을 보낸 듯합니다."

"중간에 처리하려 했습니다만 실패했습니다."

"저들이 워낙 발 빠르게 움직였습니다. 흔적을 보건대 공격이 있던 다음 날 아침에 바로 출발한 듯했습니다."

휴델이 턱을 매만졌다.

"그렇다면, 엿새 전 아침인가?"

그렌탈 영지에서 칼라트 시티까진 발 빠른 이의 걸음으로 이틀 정도 걸린다. 파사의 여단에 연락을 취하고도 남을 시간이다.

'하긴, 이런 미친 짓을 저질렀는데 안 들키고 넘어갈 바라는 건 말도 안 되지.'

그렇다면 연락을 받은 여단은 언제쯤 그렌탈 영지에 도착할 것인가?

'계산을 해 봐야겠군.'

휴델은 제국 서부 지도를 테이블 위에 펼쳤다.

7왕국 연합은 전통적인 봉건제 방식을 취하고 있다.

국왕이 있고, 각 지역에 영주가 있어 상호계약적으로 나라를 유지한다.

반면 라케아니아 제국은 조금 달랐다.

기본적으로 봉건제이긴 했지만, 그에 못지않게 황제의 권력도 강력했다.

중앙집권형 지방자치제라는, 얼핏 모순적으로 보이는 체제 덕분이었다.

각 영지는 여전히 제국의 봉건영주들이 다스린다. 하지만 그 영지들 사이마다 황제 직할 도시들이 위치한다.

황제는 이 직할령을 통해 제국 전역의 영주들에게 강력한 영향력을 행세할 수 있다.

7왕국 연합의 국왕들과는 차원이 다른 영향력이다.

이런 제도가 운용 가능한 이유는, 저 직할령 도시마다 제국 전용 마법 통신소가 설치되어 있기 때문이었다.

현시대의 가장 흔한 정보 전달 방식은 전령이다. 두 발로 뛰건 말을 타건 간에, 사람이 편지를 들고 가는 것이 제일 확실하다.

급한 경우에는 전서구를 사용하기도 하지만 이는 문제가 너무 많았다.

귀소본능을 이용한 방식이라 편도로밖에 쓸 수 없고, 도중에 유실될 가능성이 높으며, 비둘기를 훈련시키는 일도 너무 고되다.

　때문에 군사적인 용도로 쓰는 경우가 대부분이었다.

　마법이 개입되면 선택지가 조금 더 넓어진다.

　7서클 이상의 상급 마법사는 마법 전령으로 전서구를 대신할 수 있었다.

　전서구에 비해 유실될 확률이 훨씬 낮고 따로 훈련시킬 필요도 없으니 여러모로 유용하지만, 이 역시 단점이 컸다.

　오직 7서클 이상의 마법사들끼리만 마법 전령을 주고받을 수 있는 것이다.

　일단 사용 가능한 마법사의 숫자부터가 너무 적다.

　게다가 저 정도로 강력한 마법사가 남의 집 편지나 배달하고 다닐 리도 없다.

　고위 귀족이나 왕족이 개인적으로 큰돈을 주고 청탁하는 경우는 있어도, 제도적으로 사용할 수 있는 방식은 아니었다.

　뭐, 사령술 쪽엔 좀 더 편한 통신법이 있기는 했다.

　마법 전령 대신 좀비 까마귀나 비둘기 같은 걸 이용하는 건데, 이건 진짜 초보 사령술사도 사용 가능한 쉬운 술법이었다.

　단, 이 수법은 저 과정에서 상당한 양의 탁기를 흘리게 된다.

지나가던 신관이 보면 하늘 저편에서 시꺼먼 뭔가가 어둠의 기운 풀풀 풍기며 지나가는 걸로 보일 테니, 목숨이 아까우면 함부로 쓸 방식은 아니다.

이렇듯 대륙의 보편적인 통신 방식은 여전히 사람을 부리는 것이었다.

하지만 라케아니아 제국은 달랐다.

대륙의 절반 이상을 지배하는 대제국답게, 고위 마법사들을 대거 동원해 무식한 짓을 저질렀다.

실로 막대한 금액을 들여 영토 전역에 방대한 마력 통신선을 깔아 놓은 것이다.

너무 비싸서 7왕국 연합은 감히 손도 못 대는 짓이었다.

일단 통신선을 까는 데 어지간한 국가 예산이 소모된다.

통신소에 설치하는 고도의 입체 마법진에 들어가는 촉매도 같은 무게의 황금과 맞먹으니 또 돈이 들어간다.

심지어 유지비도 엄청나다.

통신 한 번 할 때마다 또 마법 촉매가 소모되는 것이다.

통신망을 유지하는 것만으로 유스틸 왕국 1년 예산의 절반이 날아가는 수준이었다.

하지만 그만큼 효용도도 뛰어났다.

마력 통신소 운용에는 그다지 고위 마법이 필요하지 않았다.

3서클 이상의 마법사면 사용 가능하고, 연결된 지역엔 어디든 실시간으로 정보를 전달할 수 있었다.

제도 테아 크라한과 동서남북 지방 4경, 황제 직할령의 17개 도시에 마법 통신소가 설치되었다.

이를 이용하면 영주들에겐 불가능한 빠른 정보 수집과 전달이 가능해진다.

경제적, 군사적으로 크게 우위를 점할 수 있는 것이다.

황제의 권력을 지탱하는 가장 큰 힘 중 하나였다.

지도를 살피며 휴델은 전령의 경로를 예측해 보았다.

'대충 닷새 전 저녁쯤 칼라트 시티에 도착해, 곧바로 마법 통신을 이용해 파사의 여단에 연락을 취했겠군.'

고작해야 유스틸이라는 작은 왕국에 국한된 킹스 오더와 달리, 파사의 여단은 드넓은 제국의 감찰 기관이다.

당연히 조직 역시 제국의 동서남북, 그리고 중앙의 다섯 주둔군으로 나뉘어 있다.

이 일대를 관장하는 것은 파사의 여단 서부 주둔군, 칼라트 시티에서 이틀 거리인 하르란 성채에 머무르고 있었다.

그럼 연락을 받은 파사의 여단은 어떻게 움직였을까?

르헤인이 벌인 짓은 반란이나 다름없다. 당연히 비상이 걸렸을 터였다.

'당일부터 곧바로 병력을 소집했겠지.'

파사의 여단이 필요한 병력을 모아 그렌탈 영지까지 전력으로 진군하면 대략 사나흘 정도 걸릴 터.

'지금쯤 열심히 달려오고 있겠군. 빠르면 이틀 뒤쯤 도착인가?'

계산을 끝낸 휴델은 턱을 괸 채 고민에 빠졌다.

'이제 어찌해야 하나……'

제일 먼저 떠오른 건, 어떻게든 이 상황을 수습하고 입 싹 씻는 것이었다.

일단 사이샤 신전을 몰살시킨 뒤 끄나풀이었던 신관들만으로 신전을 재건한다. 그리고 몇몇 교도들을 희생물로 던져 준 뒤 휴델과 백작 성 일파는 검은 신의 교단이 아닌 척한다?

'아니, 이건 무리다.'

눈 가리고 아웅에도 정도가 있다.

저건 관련자가 소수일 때나 쓸 수 있는 수법이다.

이미 사고를 너무 크게 쳤다.

신전 공격한 걸로 끝이 아니라 성하 마을도 통째로 망쳐 놓지 않았나?

'심지어 외지인들까지 건드렸고.'

그렌탈 영지는 산맥 너머 7왕국으로 물건 팔려는 행상들이 자주 오가는 요충지다.

사건이 터진 후에도 계속 행상들은 영지를 찾았다.

이 멍청하고 신실한 교도들은 저 외지의 행상들까지 죄다 정신 지배를 걸어 노예로 만들어 버린 것이다.

'황금 알을 낳는 거위의 배를 이렇게 가차 없이 째 버리다니……'

기껏 여기까지 영지 발전시킨 입장에서 참으로 속이 쓰린 상황이었다.

이렇게 된 이상 남은 방법은 하나뿐이다.

야반도주.

그동안 쌓아 놓은 권력도 지위도 재산도 다 버리는 수밖에.

'그래, 제국에서의 입지는 포기한다.'

하지만 교단 내의 입지마저 포기할 순 없다.

제국 귀족으로서의 힘을 잃었다면 그만큼 암흑 추기경으로서의 힘을 챙겨야 한다. 그래야 교단 내의 지위라도 유지할 수 있을 것이다.

'그리고, 사령술사가 힘을 키우는 제일 편하고 빠른 방법은 제물을 바치는 것이지.'

강력한 오러 유저와 마법사, 신실한 성직자는 악마가 제일 좋아하는 제물이다. 전부 사이샤 신전에 들어앉아 있다.

"오늘 밤, 전력을 총동원해 신전 놈들을 처리하겠다."

각오를 굳힌 휴델이 명령을 내렸다.

"백작 성의 모든 사령결계를 가동해 힘을 끌어내라!"

모인 이들의 표정이 밝아졌다.

강력한 사령술사는 단신으로도 군대에 필적하는 위력을 보일 수 있다. 그리고 휴델은 그 정도로 강력한 사령술사였다.

"테스라낙 님을 위하여!"

"오늘 밤에 저들을 끝장내겠습니다!"

이제야말로 확실하게 검은 신의 교단에 승리를 안겨 줄 수 있게 되었다.

백작가의 기사들도 사령술사들도 기쁜 듯 웃었다.

'웃지 마, 젠장!'

좋다고 떠들고 있는 수하들을 보니 다시 한번 뒷골이 띵한 휴델이었다.

신전에서 빈둥대던 카르나크가 갑자기 고개를 들었다.

"아, 왔나 보다."

바로스가 의아해하며 물었다.

"뭐가 와요?"

"그 휴델인가 하는 놈."

세라티가 의아해하며 물었다.

"그걸 어떻게 알아요? 혹시 휴델의 기운이라도 느끼셨나요?"

"생전 보지도 못한 놈의 기운을 내가 어떻게 알아?"

코웃음을 치며 카르나크가 거꾸로 두 사람에게 질문을 던졌다.

"성의 변화가 느껴져?"

잠시 정신을 집중한 바로스와 세라티가 고개를 저었다.

"아뇨, 전혀."

"그냥 평소랑 똑같은데요."

"그렇지? 안 느껴지지?"

지금 백작 성에서 일어나고 있는 변화는, 카르나크 정도는 되어야 간신히 감지할 수 있을 정도로 은밀하고 세련된 술법이었다.

"저 정도로 뛰어난 사령술사가 처음부터 성에 있었다면 간밤의 습격이 그렇게 부실했을 리가 없잖아?"

즉, 휴델이 돌아왔다는 소리가 된다.

"신관들에게 이 사실을 알려야겠어. 우리도 준비를 해야지."

알리우스를 찾아 카르나크가 막 방을 나서려 할 때였다.

세라티가 무심코 물었다.

"어떻게 알아차렸다고 하시려고요?"

나가려던 카르나크의 발걸음이 흠칫 멈췄다.

"어, 그게 또 문제네?"

어둠의 강이 도도히 흐르고 있었다.

가장 큰 강줄기를 차지하는 것은 무수한 죽음으로 이루어진 언데드 군세.

좀비와 구울, 움직이는 마물의 사체가 희미한 신음성과 함께 썩어 버린 발걸음을 옮긴다.

그 숫자가 가히 수백에 다다른다.

으어어어…….

으어어…….

정신을 지배당한 인간들도 함께 움직인다.

전면에 선 이들은 성하 마을의 주민들과 붙잡힌 외지인들이다. 다들 손에 창칼을 든 채 멍하니 걸어간다.

검은 신의 평신도들이 그 뒤를 따른다.

사령술, '검은 신의 사도'에 의해 강화된 이들이다.

마약에 취해 혼탁한 정신 속에 신의 이름만을 부르짖는다.

"테스라낙이시여……."

"우리에게 새로운 세상을 열어 주소서……."

이 모두를 12명의 사령술사들이 조종하고 있었다.

하나같이 진한 사기와 탁기를 휘감은 채, 밤의 은총 아래 힘을 발하는 중이었다.

전신을 맴도는 어둠의 기운을 느끼며 사령술사들은 즐거워했다.

"과연 추기경 각하의 권능은 엄청나시구려."

"평소보다 월등히 강해진 기분이오."

백작가의 기사들 역시 희미한 오러를 전신에 머금고 있었다. 다크 나이트의 술법으로 암흑투기를 얻은 것이다.

성 곳곳에 설치한 암흑의 제단으로부터 흘러들어 오는 방대한 사령력 덕분이었다.

그 누구라도, 심지어 파사의 여단이나 제국군이라도 짓눌러 버릴 수 있을 듯한 자신감이 전신에 충만하다.

한껏 오른 사기 속에서 휴델의 군세는 계속 진군해 갔다.

저 멀리 사이샤 신전이 보였다.

건물 곳곳에 횃불이 켜져 있어 밤임에도 제법 환하다.

휴델이 중얼거렸다.

"대비를 하고 있군, 당연하겠지만."

밤마다 좀비 군대에 공격을 당했으니 대비하지 않을 리가 없다. 오늘 밤도 당연히 습격이 있을 거라 여기고 있겠지.

안타깝게도 오늘은 좀비로 끝나지 않겠지만 말이다.

사령술사와 사교도, 백작가의 기사들은 일단 대기시킨다.

일단은 평소처럼 좀비만 보내는 척하다가 갑작스럽게 전군을 돌격시키는 쪽이, 보다 확실하게 신전 전체를 제압할 수 있을 테니까.

"일부러 노린 건 아닌데 어쩌다 보니 속임수를 건 셈이 되었군, 이거."

차가운 미소를 지으며 휴델은 오른손을 들었다.

"검은 신의 이름으로 명한다."

선두에 선 좀비와 구울이 푸른 안광을 발하기 시작했다.

"이 땅에 죽음을 내려라."

명이 떨어지기 무섭게 수백에 달하는 시체의 군세가 신전 전체를 뒤덮듯이 공격해 갔다.

신전 곳곳에서 빛의 장벽이 펼쳐져 좀비들의 공세를 막았다.

사방에서 전격이 튀고 성광의 파문이 퍼졌다.

파지직! 파직!

하지만 오래 버티지는 못했다.

얼마 지나지 않아 빛의 장벽이 무너지며 좀비들이 신전 방어선을 넘어섰다.

그 모습을 본 휴델이 인상을 썼다.

'너무 약한데?'

생각보다 장벽이 너무 빨리 무너진 것이다.

게다가 정작 신관들이나 병사들은 전혀 보이지 않고, 오직 신성 결계로만 공격을 막고 있다.

'신관들도 지친 건가? 아니면 일부러 힘을 비축하는 건가?'

결국 신성 결계가 버티지 못하고 완전히 파괴되었다.

수상쩍긴 하지만 기회를 놓칠 순 없다. 휴델이 진격 명령을 내렸다.

"가라, 테스라낙의 아이들아!"

사교도의 대군이 사이샤 신전으로 물밀듯이 쳐들어갔다.

사방에서 포효가 터졌다.

"와아아아!"

포효가 계속 터졌다.

"와아아아!"

어째 포효가 점점 잦아들기 시작했다.

"와아……아?"

흥분한 이들이 주위를 둘러보며 안색을 굳혔다.

"어라?"

"이놈들 어디 갔어?"

당황해 신전 곳곳을 뒤졌지만 아무도 보이지 않았다.

신관도, 병사도, 일반 하인이나 하녀조차도.

진짜로 텅 비었다. 심지어 지하 감옥조차도.

붙잡은 포로까지 확실하게 데리고 가 버린 것이다.

"신전을 버리고 도망갔다고?"

보고를 받은 휴델이 멍한 표정을 지었다.

"……그럴 리가 없는데?"

성직자들이 꽉 막혀서 이런 단순한 생각도 못 할 것이란 의미가 아니었다.

신전을 비우고 도망가는 건 신성한 여신의 종이 사악한 이교도에 무릎을 꿇는 행위가 된다.

교리를 심각하게 어기는 죄악으로, 아무리 목숨이 아까워도 쉬이 저지를 수 있는 일이 아니다.

'1~2명이 도망갈 수야 있겠지만, 신전 전체가 이렇게 나올 수 있을 리가?'

그때였다.

갑자기 등 뒤에서 희미한 폭음이 들려왔다.

쿠우우웅…….

모두들 놀라 뒤를 돌아보았다. 그리고 다시 한번 놀랐다.

'엇?'

'성이?'

백작 성 곳곳에서 폭발이 일어나고 있었다.

그것도 평범한 폭발이 아닌, 성스러운 여신의 권능에 의한 폭발이었다.

쾅! 쾅! 콰쾅!

그뿐만이 아니다. 안개 낀 성하 마을 곳곳에서도 신성 주문의 빛이 솟구친다.

휴델의 안면이 흉측하게 일그러졌다.

"서, 설마!"

상대의 수작을 눈치채자마자 카르나크는 사이샤의 신관들부터 찾았다.

"휴델 백작이 돌아왔습니다. 오늘 밤을 기해 총전력을 투입하려는 듯합니다."

대체 어떻게 알아챘냐는 신관들의 의문엔 또다시 위대하신 스승님을 팔아먹었다. 역시 달라스는 좋은 핑계였다.

"제가 익힌 마법 학파가 원래 사령술을 상대하는 데 특화되어 있어서 그렇습니다."

알리우스도 옆에서 거들었다.

"카르나크 공은 예전부터 어둠의 흔적을 읽는 데 조예가 깊으셨지요."

실제 사례도 있다.

과자 마녀 사냥 때, 아무도 눈치채지 못한 사령술의 자취를 용케 읽어 사람들을 구하지 않았던가?

"카르나크 공의 말은 신뢰할 수 있습니다. 제가 보증하지요."

역시 그는 한번 믿으면 끝까지 믿는 의리의 사나이였다.

세라티만 속으로 사죄를 해 댈 뿐이었다.

'미, 미안해요, 알리우스 씨!'

이후 신전을 비우자며 신관들을 꼬드겼다.

당연히 저항이 심했지만, 카르나크의 언변으로 어떻게 해결할 수 있었다.

그에게 사람들을 이해하는 재주 따윈 없다.

하지만 사람들을 선동하는 재주는 있는 것이다.

"여신의 모든 종들이 총출동해, 저 사악한 죄악의 백작 성에 천벌을 내립시다!"

신전을 비우는 게 아니다. 어디까지나 전원 공세에 나서는 것이다.

이것이 그의 주장이었다.

물론 신관들은 여전히 쉽게 받아들이지 못했다.

"하, 하지만……."

"어찌 성스러운 신전이 더러운 사교도의 발에 짓밟히도록 내버려 둔단 말인가?"

"그러니까 더더욱 서둘러야 하는 것입니다!"

놈들이 신전을 짓밟기 전에 성을 먼저 활활 불태우면 된다! 그러면 사교도들도 성으로 돌아올 것이 아닌가?

"……그런가?"

듣고 보니 말이 되는 것 같기도 하고, 아닌 것 같기도 하고.

"그럼 붙잡은 사교도들은 어찌합니까?"

"헛간 같은 곳에 잠시 숨겨 두면 되지 않겠습니까?"

"어설픈 곳에 가두었다가 위치라도 파악당하면 어쩌려고요?"

"자기 집에 불났는데 과연 동료를 구할 틈이 있을까요?"

굳이 싸우면 죽는다는 소리 따윈 하지 않는다. 그건 목숨을 잃는 것을 두려워하는 것처럼 보이게 되니 오히려 역효과다.

결국 신관들도 홀랑 넘어갔다.

그래서 이렇게 밤에 몰래 신전 떠나와 백작 성에 불 놓고 사령결계 부수고 있는 것이다.

"사이샤여, 내 적을 치소서!"

위력이 마법이나 오러에 비해 뒤떨어진다고는 해도, 사령술 상대로는 또 신관과 신성술만 한 게 없다.

성광이 사령결계 곳곳을 강타했다.

그때마다 사령결계가 부서지며 어둠의 기운이 사방으로 흩어져 갔다.

병사들도 열심히 움직이고 있었다.

"불을 놓아라!"

"사교도의 사악한 제단을 부숴라!"

전투는 벌어지지도 않았다. 아예 모든 전력을 휴델이 싹 끌고 나갔으니까.

텅 빈 마을, 텅 빈 성에서 거칠 것이 뭐가 있으랴?

세라티만 조금 의아해할 뿐이었다.

"이건 좀 이상하네요."

설마 이렇게까지 비어 있을 줄은 몰랐다.

"상식적으로 최소한의 방어는 해 둘 줄 알았는데."

당연하다며 카르나크가 고개를 끄덕였다.

"나 같아도 이렇게 했을걸."

사람 마음은 몰라도, 사령술사 마음은 잘 아는 그였다.

특히나 사령술을 쓰다 들켜서 도망가려는 놈들의 심리는 손바닥 안이다.

"어차피 도망칠 생각인데 왜 성에 연연하겠어? 마지막으로 한 번 쓰고 버리면 그만인데."

하지만 지금은 그 '마지막 한 번'도 쓰지 못하게 되었다. 그러니 이제 놈들의 선택지는 하나뿐.

사이샤 신전 쪽을 노려보며 카르나크는 싱글벙글 웃었다.

"정신없이 되돌아오고 있겠지, 뭐."

강이란 자고로 도도히 흘러야 한다. 역류하면 그냥 오수가 될 뿐이다.

휴델의 군세는 엉망진창인 상태로 회군하고 있었다.

신전을 향할 땐 정말 어둠의 강처럼 기세등등하게 나아가더니, 지금은 허겁지겁 돌아오느라 대열도 엉망이고 속도도 제멋대로다.

좀비, 구울, 사교도, 사령술사가 뒤죽박죽 섞여 요란한 발소리를 낸다.

그 선두에 서서 휴델은 이를 갈았다.

"이 빌어먹을 놈들이!"

시간이 갈수록 수하들에게 깃든 어둠의 권능이 약화되고

있었다.

저들에게 힘을 부여하는, 성하 마을에 설치한 사령결계들이 실시간으로 부서지고 있다는 증거였다.

몇 년에 걸쳐 힘겹게 모은 어둠의 힘이 아깝게 허공으로 날아가고 있는 것이다.

그뿐만이 아니다. 소중한 제단이 위치한 백작 성에서도 불길이 솟구치고 있다.

저 제단이 있어야 제물을 바쳐 보다 큰 힘을 얻을 수 있다.

제단이 사라지면 기껏 신관들을 붙잡아도 영지에 며칠간 더 발이 묶인다. 제단을 다시 세우는 데 그 정도 기간은 필요하다.

그럼 필연적으로 제국군을 대동한 파사의 여단과 조우하게 되는데, 그 결과가 썩 유쾌하진 않을 것이다.

휴델은 계속 사교도들을 독려했다.

"더 빨리 달려라!"

그렇게 열심히 되돌아와 결국 성하 마을에 돌입했다.

마을 어귀에 서서 사교도들이 주위를 살폈다.

아무리 마음이 급해도 여기서부턴 서두를 수 없었다. 보나 마나 사이샤 신전의 병사들이 매복해 있을 테니까.

조심스레 성을 향해 나아갈 때였다.

문득 밤안개가 밀려오기 시작했다.

사아아아……

사방이 짙은 안개로 뒤덮이며 시야가 흐려진다.

마법사 카미로스가 인상을 썼다.

"놈들이 마법의 안개를 펼치고 있는 듯합니다."

"그런 것 같군. 그런데 왜?"

설마 길을 잃게 하려는 것일까?

그렇다면 어리석은 판단이다.

휴델과 사교도들은 모두 이 영지의 토박이들이다. 성하 마을 역시 이들의 고향이다.

안개 좀 진하다고 길을 잃을 리가 없었다.

문제는, 이게 며칠 전 카미로스가 이미 저지른 실수란 점이었다.

아무리 어리석어도 며칠 전에 이쪽이 먼저 한 실수를 그냥 답습할 것 같진 않다.

안센트 경이 다른 추측을 내놓았다.

"시야를 제한한 뒤 매복하려는 속셈이 아닐까요?"

"그것도 좀……."

휴델은 애매한 표정을 지었다.

평야에서 대규모 회전을 벌일 경우 안개를 이용해 기습하는 전술이 있긴 하다.

하지만 이곳은 성하 마을이다. 전투가 벌어진다면 시가전일 터였다.

이쪽이 안 보인다는 건 저쪽도 안 보인다는 소리, 여기서

굳이 안개로 시야를 제한해 신전 측이 더 유리해지는 부분이
뭐가 있을까?

'이해는 안 가지만, 딱히 다른 이유가 떠오르지도 않긴 하
는군.'

일단 주위 경계를 강화하며 계속 백작 성으로 향했다.

"습격에 대비하라! 놈들이 매복하고 있을지도 모른다!"

유심히 좌우를 살핀다.

골목에 신전 병사들이 숨어 있을 수 있으니까.

건물 창문이나 옥상도 요주의 대상이다.

혹여 위에서 화살을 날리거나 할 수도 있으니까.

그렇게 성하 마을 서쪽 광장에 막 들어섰을 때였다.

분명 상대는 매복해 있었다. 휴델이나 다른 사교도들은 상
상도 못 한 곳에.

땅속이었다.

아아아아!

귀곡성과 함께 수많은 망령들이 솟구치기 시작했다.

좀비며 구울 등 언데드 군세가 망령들의 공세에 휘말려 무
서운 속도로 부서져 갔다.

당황한 사교도들이 혼란에 빠졌다.

"함정이었나?"

"그럴 리가?"

"이건 사령술이잖아!"

어떻게 여신의 협력자 중 사령술사가 있을 수 있으며, 설령 있다 해도 어찌 이런 상황에서 사령술을 쓴단 말인가?

"말도 안 돼! 신관들이 두 눈 벌겋게 뜨고 보고 있……."

순간 휴델의 말문이 막혔다.

그리고 보니 사방에 짙은 안개가 끼어 있다.

두 눈을 벌겋게 뜨건 퍼렇게 부라리건, 어차피 안 보인단 소리다.

"이런, 젠장!"

망령 병사들의 공세 앞에 좀비와 구울은 연신 썰리고 터져 나갔다.

아아아!

으아아!

하지만 유령 병사들 역시 오래 버티진 못했다. 더한 피해를 막기 위해 사령술사들이 나선 것이다.

"감히 우리 앞에서 테스라낙의 권능을 쓰다니!"

"진짜 어둠의 힘이 얼마나 무서운지 보여 주마!"

성하 마을 잡화점 옥상에서 두 사내가 그 모습을 지켜보고 있었다.

"역시 오래는 못 버티는구만."

안개가 너무 짙어 보이진 않지만, 망령들이 연달아 소멸하고 있다는 것쯤은 쉽게 알 수 있었다.

그럼에도 카르나크는 눈도 깜빡하지 않았다.

어차피 자신은 손해 볼 것이 없었다.

그가 손에 든 푸른 불빛의 랜턴을 힐끔거렸다.

"이거 좋네, 편하고 힘도 안 들고."

망혼의 호롱, 데츠라스의 부하 중 한 명이었던 케일의 유품이었다.

……당장 케일 본인이 망혼의 호롱에 갇힌 채 내보내 달라고 발버둥 치고 있는데 이걸 과연 유품이라고 해야 할지는 좀 애매하다만.

"아아악!"

"시끄럽다."

"끄어어……."

머리부터 튀어나오는 케일의 유령을 도로 꾹꾹 눌러 담은 뒤 다시 망령을 부린다.

옆에서 바로스가 인상을 썼다.

"저기, 도련님."

"왜?"

"호롱에 금 가는데요?"

"그렇겠지. 뒷생각 안 하고 무리하게 운용하고 있거든."

진작 킹스 오더에 제출해야 할 물건이었다.

하지만 살펴보니 은근 쓸모가 많았다.

그래서 몇 번 더 써먹어야지 싶어 허수공간에 일단 쟁여

둔 것이다.

물론 오래 쓰면 들키니까, 짧고 굵게 쓰고 버린다.

"그리고 쓰레기 된 걸 제출하시려고요?"

"추가 보너스는 받아먹어야지."

호롱에 남은 어둠을 아낌없이 투입한 보람이 있었다.

좀비와 구울 같은 하급 언데드들의 숫자가 절반 이상 줄어들었다.

비록 휴델의 기사들이나 사교단의 사령술사는 건드려 보지도 못했지만, 큰 문제는 아니었다.

어차피 망혼의 호롱을 쓴 이유는 저들까지 해치우기 위해서가 아니다. 진짜 전투 전에 귀찮은 언데드 군세의 수를 줄여 주기만 하면 만족스러운 결과다.

결국 호롱이 불러낸 망령이 모조리 소멸했다.

옥상 담벼락에서 몸을 떼며 바로스에게 묻는다.

"라피셀이랑 세라티는 제 위치에 가 있지?"

"네."

건물 아래로 내려가며 카르나크가 턱짓을 했다.

"신호를 보내."

세라티, 라피셀은 신전 병사들과 함께 안개 속에서 대기 중이었다.

숨소리도 죽인 채 차분히 기다리는데, 저 멀리서 희미한 굉음이 들려왔다.

쿵! 쿵!

약속된 신호였다.

안개가 끼어 있어 불꽃 같은 형태의 신호는 잘 알아보기 힘들다.

게다가 불꽃은 적들도 볼 수 있으니, 쏘아 올리는 순간 이쪽의 위치도 발각된다.

반면 소리를 이용한 신호는 이런 상황에선 꽤나 유용했다.

어차피 바로스 정도 되는 오러 유저라면 벽 한둘쯤 박살 내는 건 일도 아니다. 그리고 안개 속에서는 소리가 난반사 되어 위치를 파악하기도 힘들다.

사교도들이 굉음에 놀라 주위를 두리번거렸다.

"뭐, 뭐지?"

세라티가 검을 뽑아 들었다.

붉은 오러를 칼날에 두르며 곧바로 적진으로 뛰어들어 간다!

"전원 공격!"

함성을 터트리며 라피셀과 신전 병사들도 그녀의 뒤를 따랐다.

정해진 신호에 맞춰 적진의 측면을 강타한 것이다.

"와아아아!"

이내 거리 곳곳에서 전투가 벌어졌다.

마약에 취한 광신도들을 베어 가며 병사들은 흥분해 날뛰었다.

"과연 카르나크 공!"

"좀비들 숫자가 팍 줄었어!"

카르나크는 사령술을 역이용하는 고유 마법, 사법의 대속자로 언데드 군세를 상대하겠다고 했다.

그의 말대로 좀비나 구울은 거의 없고, 대부분 사교도들뿐이었다.

요란한 창칼의 공방 속에서 연신 사교도를 베어 가며 세라티는 계속 적진의 중심으로 향했다.

백작가의 기사들이 포진한 곳이었다.

"라피셸, 넌 사교도들을 상대해!"

막 세라티의 뒤를 따르려던 라피셸이 머뭇거리며 물었다.

"언니는요?"

"난 저쪽을 맡아야지."

"그, 그럼 저도!"

"시키는 대로 해!"

백작가의 기사들은 전원 암흑투기를 다루고 있으니 아직 덜 자란 라피셸에겐 짐이 무겁다.

잠깐 갈등했지만 라피셸도 이내 수긍했다.

"……네!"

휴델의 사령술사들도 얌전히 당하진 않았다.

갑작스러운 습격에 잠시 당황했지만 이내 침착하게 지옥의 군세를 불러낸다.

"아아아아!"

"크아아아!"

소환문이 열리며 온갖 지옥의 마물들이 대거 튀어나왔다.

그때였다. 또다시 굉음이 울렸다.

쿵!

동시에 적진의 후방에서 성광이 솟구치기 시작했다.

"사이샤여! 어둠을 사르는 빛을 내리소서!"

소수의 정예병을 앞세운 사이샤의 신관들이었다.

강력한 신성 주문이 지옥의 마물들을 덮쳐 간다.

놈들의 움직임이 크게 둔화되며 주춤거린다. 그 틈에 정예병들이 성수를 부은 창칼을 찔러 넣는다.

"타아앗!"

상황을 지켜본 휴델이 다급히 지시를 내렸다.

"안센트 경! 기사들을 이끌고 신관들을 상대해! 서로 상대를 바꾸란 말이다!"

건물 옥상에서 비아냥거림이 들려왔다.

"거 지휘할 줄 모르는구만."

금발의 기사, 바로스가 적진 중앙으로 뛰어들고 있었다.

"이미 판 다 벌여 놨는데 거기서 진영 바꾸면 꼬이기밖에 더하나?"

과연, 억지스러운 명령 탓에 휴델의 군세는 더욱 혼란에 빠진 상태였다.

그 사이로 붉은 투기검이 길게 가로지른다.

"지나갑니다, 지나가요."

혼자서 적진에 뛰어들면 제 발로 포위당하는 멍청한 짓이지만, 외곽을 아군이 장악하고 있으면 중앙 돌파가 된다.

바로스의 질주가 적의 본진을 완전히 좌우로 갈라 버렸다.

"다들 무사하죠?"

세라티와 합류하며 바로스는 오른손을 털었다.

오러의 사슬이 일제히 풀려났다.

차르륵!

살아 있는 생물체처럼 붉은 사슬의 투기검이 허공을 나부꼈다.

날아오르고, 방향이 꺾이고, 파고들고, 춤추며 회오리친다.

마치 거대한 붓으로 허공이라는 도화지에 장대한 풍경화를 그리고 있는 것 같았다.

문제는 저 붓에 쓰이는 물감이 상대의 핏물이라는 것이지.

비명과 절규가 연신 터져 나왔다.

"으악!"

"아아악!"

교묘하게 사슬검을 운용하며 바로스는 적진을 종횡무진 누볐다.

그 모습을 본 라피셸이 눈을 초롱초롱 빛냈다.

'우와! 역시 바로스 오빠는 대단해!'

따라 해 보고 싶다는 욕망이 불끈 솟는다.

하지만 그녀는 오러 유저가 아니다. 오러로 사슬을 만들 수 있어야 허공에서 검의 방향을 바꿀 텐데, 그럴 재주가 없다.

'어쩌지?'

잠시 고민한 뒤 라피셸은 겸허하게 현실을 인정했다.

'내가 할 수 있는 것만 하자.'

이곳은 사람들이 사는 마을이다. 그리고 일상생활에서 밧줄은 상당히 여기저기 쓰이는 법이다.

적당히 굴러다니는 밧줄 하나를 찾는 것은 그리 어려운 일이 아니었다.

밧줄을 칼자루에 묶은 뒤, 흉내를 내 빙빙 돌린다.

"이렇게? 이렇게? 이렇게인가?"

몇 바퀴 돌려 보니 대충 알 것 같았다. 좋아하며 라피셸이 몸을 날렸다.

"에잇!"

또다시 전장에 피의 풍경화가 펼쳐졌다.

바로스의 그것보다 살짝 사이즈만 작을 뿐이지, 정밀도는 결코 떨어지지 않았다.

그 모습을 지켜보며 세라티는 고민하고 있었다.

'저게 또 뭐래?'

예전에 라피셀이 선보였던 건 그래도 그녀가 터득한 검술의 연장선상에 있었다. 그래서 보고 배우는 것이 상당했다.

반면 지금 선보이는 사슬검은 아예 궤가 다르다.

'저건 대체 어떻게 연습해야 하는 거야?'

때마침 바로스의 전언이 들려왔다.

[전에 제가 미처 말씀 못 드린 게 하나 있네요.]

[뭐가요?]

[라피셀을 상대할 땐, 배우는 것 못지않게 중요한 부분이 하나 더 있어요.]

그는 세라티가 지금 무슨 생각을 하는지 뻔히 알고 있었다. 왕년에 자신도 겪었던 일이니까.

[아니다 싶을 땐 확실하게 포기하세요.]

[……네?]

[진심으로 말하는 거예요. 괜히 따라 하려다 검술만 망칩니다. 의외로 그런 사람 꽤 많았어요.]

아닌 건 아닌 거다. 이걸 구별하지 못하다 인생 망친 사람이 적지 않다.

[그렇군요.]

세라티는 라피셀에게서 눈을 뗐다.

'내가 할 수 있는 걸 한다!'

미련을 버리고 자신만의 검술로 돌아간다.

그녀의 칼 놀림이 더욱 정교해지기 시작했다.

───※───

바로스와 세라티는 계속 휴델의 기사들을 몰아붙였다.

"타아앗!"

우렁찬 기합과 함께 바로스의 사슬검이 뱀처럼 사방을 휘감아 내리친다.

백작가의 기사들도 열심히 칠흑의 투기검을 휘둘러 보았지만 별 효과는 없었다. 사슬검에 휘말릴 때마다 다들 채 버티지 못하고 나가떨어졌다.

이해가 안 간 기사들이 이를 갈았다.

'젠장! 우리도 이제 오러 유저인데!'

'왜 이렇게 밀린단 말인가?'

세라티 역시 비슷하게 느끼고 있었다.

[이자들도 다크 나이트죠? 그런데 어째 그때보다 많이 약하네요?]

원래 다크 나이트는 적색급 오러 유저에 필적하는 존재였다.

그런데 이들과 검을 맞대어 보면, 잘해 봐야 투기량이 세라티의 절반 정도밖에 되지 않는 느낌이었다.

당연하다며 바로스가 설명해 주었다.

[이러라고 백작 성에 열심히 불 지른 것이니까요.]

이들의 암흑투기는 백작 성에 설치된 사령술 제단을 통해 흘러들어 온 것이다.

힘을 부여하던 제단들이 망가졌으니 당연히 흘러들어 오는 기운도 적을 수밖에.

그리고, 바로스도 모르는 사실이었지만 이들이 약한 이유는 또 있었다.

사교도들이 암흑투기를 꽤 비축해 놓은 것은 사실이었다. 백작가 기사들을 모두 강화시킬 수 있을 정도의 투기량을 미리 챙겨 두고 있었다.

그런데 며칠 전에 그걸 홀랑 들고 가 버린 암흑 대주교님이 계신 것이다!

아니, 들고 가기만 했으면 다행이게? 몽땅 소진해 버려 회수도 못 하게 만들었다.

'르헤인 이 작자가 정말 다각도로 일을 망치는구나!'

이를 갈며 휴델은 전황을 살폈다.

전방에선 사령술사와 사이샤의 신관들이 힘겨루기 중이었다.

성광의 빛이 지속적으로 어둠을 짓누르고 있었다.

사령술사 쪽이 확실히 밀리는 것이다.

미리 준비해 둔 결계가 모두 박살 난 탓이다.

검은 신의 교단 평신도들은 신전 병사들과 싸우고 있었다. 이 역시 밀리는 건 교단 측이었다.

숫자는 교단 측이 훨씬 많지만 대부분 마약에 취해 제대로 된 판단을 못하는 상태.

반면 신전 병사들은 다들 노련한 정예병이었다.

엄밀히 말하면, 그동안 밤마다 습격을 당하며 죄다 정예병이 되어 버렸다.

더구나 선두에 선 저 어린 소녀의 위력이 너무 무시무시하다!

"에잇! 타앗! 헙!"

귀여운 기합과 함께 밧줄로 묶은 검을 신나게 휘두르는데, 그때마다 사방에서 피가 튄다.

심지어 아까는 장검 한 자루만 돌리고 있더니 그새 익숙해져서 쌍검을 휘두르는 중이다.

'야, 이제 이거 두 자루도 할 수 있겠다!'

휴델 백작가의 기사들은 진작부터 바로스와 세라티, 둘에게 처참히 몰리는 중이고.

휴델은 주먹을 꽉 쥐었다.

'원래 계획은 이게 아니었는데……'

언데드 군세와 교단의 병사들을 이용해 인해전술을 펼쳐

신전 측 강자들의 발부터 묶을 셈이었다.

그 틈에 기사들로는 신관들을 노리고 사령술사들은 신전 병사들을 상대하면, 수적으로는 손해를 봐도 결과적으론 충분히 이길 수 있었다.

그런데 위치와 시간을 선점당해 버렸다. 그것도 실시간으로.

'도대체 어떻게 한 거지?'

이건 뛰어난 전략이니 전술로 설명할 수 있는 문제가 아니었다.

'마치 눈으로 본 것처럼 전장 전체를 파악하고 있다니……'

휴델의 의문에 대한 해답은 실로 간단했다.

정말로 전장 전체를 눈으로 보고 있었거든.

'좋아, 잘되어 가고 있군.'

옥상에 서서 카르나크는 성하 마을 전역을 한눈에 담았다.

안개가 워낙 자욱하게 껴서 골목 아래쪽은 전혀 보이지 않는다. 하지만 별문제는 없다.

안개 곳곳에서 하늘 높이 탁기가 솔솔 올라가고 있었다.

그런 탁기가 한두 줄기가 아니다. 마을 곳곳에서 사기의 기둥을 만들고 있다.

뭐랄까, 성하 마을이라는 거대한 체스판 위에서 말들이 움직이는 걸 보고 있는 기분?

이쪽은 죄다 보고 있고 저쪽은 두 눈이 막혀 있는데, 여기서 지기도 쉽지 않지.

'하지만 슬슬 저놈도 눈치를 챌 것이고……'

그렇다 해도 휴델에게 선택지는 별로 없다.

아니, 정확히 말하면 하나뿐이다.

'자, 와라. 나랑 놀자고.'

카르나크의 예상대로, 휴델도 뒤늦게나마 상황을 파악해 냈다.

'놈은 건물 위쪽에서 전장 전체를 지켜보고 있다!'

생각해 보면 정말 간단한 건데 왜 이 생각을 못 했는지 모를 지경이다.

하지만 어쩔 수 없었다.

애초에 그는 전투 경험이 거의 없는 것이다.

사령술사로서 온갖 비밀스러운 작업은 많이 했지만 실전은 이번이 처음이다.

"심연의 권능으로 명한다! 나와라, 데-페틀!"

발치에서 검붉은 촉수가 소환된다.

촉수에 올라탄 휴델이 곧바로 인근 건물 옥상으로 솟아올랐다.

안개 위쪽으로 올라오니 그제야 카르나크의 존재를 파악할 수 있었다.

'그곳에 있었나?'

짙은 연무 너머로 마력이 느껴진다.

마력 자체는 그리 강하지 않았다. 잘해 봐야 6서클 정도였다.

물론 상급 마법사이니 결코 약하다고 할 순 없지만, 여태 벌인 일에 비하면 조금 의외다.

'이보다는 강력한 마법사일 줄 알았는데.'

어쨌든 저놈이 신전 병력 전체를 지휘하고 있는 것은 분명하다.

즉, 저놈만 처리하면 상황을 반전시킬 수 있다.

휴델의 어깨 너머로 시꺼먼 탁기가 풀풀 새어 나왔다.

"오라, 지옥의 권세여……."

사령력을 끌어 올려 사방으로 퍼트린다. 섬뜩한 어둠의 냉기가 전장의 상공을 뒤덮어 간다.

"공허가 입을 열어 재앙을 토하리라!"

밤하늘 곳곳에 수십 개의 차원문이 형성되었다.

칠흑의 구멍이 날개 달린 마물들을 내뱉기 시작했다.

불타는 눈동자 아래 넘실거리는 화염의 혀, 지옥의 중급 마물 호올 임프였다.

놈들이 일제히 카르나크에게 날아들었다.

요란한 날갯짓 사이로 기괴한 소음이 울렸다.

"캬캬캬캬!"

"제물!"

"제물이다!"

카르나크는 흐뭇하게 웃었다.

"오, 저걸 다 하네, 무려?"

꽤나 세련된 사령술이었다. 무식하게 힘만 때려 부은 것이 아니라.

'교란하기 딱 좋은 수준일세.'

마법의 로드를 들어 겨누며 가볍게 영창을 시작한다.

"나, 어둠의 죄악을 대속하는 자가 되리라!"

혼돈마법, 사법의 대속자가 발동되었다.

빛의 사슬이 허공에서 생성되어 날아드는 호올 임프들의 목을 옥죄기 시작했다.

휴델의 두 눈이 경악으로 크게 뜨였다.

'헉?'

느낄 수 있었다.

자신의 지배력이 손아귀의 모래처럼 사르르 빠져나가는 감각을.

'말도 안 돼!'

카르나크를 향해 날아가던 호올 임프들이 일제히 멈췄다. 그리고 휙 뒤를 돌아보았다.

놈들이 입을 크게 열더니 휴델을 향해 불길을 뿜어 대기 시작했다.

쾅아아아아아!

허겁지겁 휴델이 두 팔을 교차했다.

"큭!"

어둠이 퍼져 나와 방어막이 되었다.

불길이 암흑의 장막을 때려 폭발을 일으켰다.

콰콰쾅!

자욱한 폭연 사이로 휴델이 재차 모습을 드러냈다.

"헉, 허억······."

재빨리 방어한 덕에 딱히 부상은 없지만, 정신적인 충격을 크게 받은 표정이었다.

'저 마법은 대체?'

저런 마법이 세상에 존재할 리 없어서 놀란 게 아니다.

존재한다는 걸 알고 있기 때문에 놀란 것이다.

'······어떻게 엘레자르 님의 마법을 저놈이 알고 있지?'

<hr />

안개 너머로 호올 임프 무리가 활개 치며 날아다닌다. 악마의 불길이 연신 거리 곳곳을 내려친다.

콰라라라!

화끈한 열기가 피부를 달구고 있었다.

사령술사들은 사색이 되었다.

"으아아!"

"왜 저게 우릴 공격하는 거지?"

사이샤의 신관들도 딱히 표정이 좋진 않았다.

"저, 저거 우리 편 맞죠?"

"맞는 것 같긴 한데……."

머리로야 호올 임프 무리가 아군이 되었다는 걸 이해하지만, 눈앞에서 악마가 얼쩡대니 반사적으로 퇴마 주문부터 날리고 싶어진다.

"어색한 느낌이군, 정말."

호올 임프 무리는 계속 날아다니며 사교도들을 습격해 갔다.

그렌탈 백작가의 마법사, 카미로스는 초조해하며 주위를 살폈다.

쓰러지는 교도의 숫자가 점점 늘어나고 있었다.

'저걸 어떻게든 해야 해.'

하지만 어중간한 마법이나 사령술은 통하지 않을 것이다.

목숨을 걸고서라도 제일 강력한 수법을 쓰는 수밖에 없다.

카미로스가 지팡이를 땅에 꽂았다.

"일어나라! 대지의 혼이여!"

마을 광장 바닥이 우뚝 솟으며 거인의 형상을 취했다.

곧바로 사령술을 이어 간다.

"네 주인이 명한다! 강림하라, 통곡하는 흑암의 갑주여!"

떠다니는 거대한 갑옷 역시 모습을 드러냈다.

이내 갑주와 골렘이 합체하며 포효를 터트렸다.

고오오오!

데츠라스가 구사했던 융합 주문, 골렘 나이트였다.

원래 이것이 5서클 수준의 마법사 겸 사령술사가 쓸 수 있는 최강의 술법인 것이다.

골렘 나이트를 발견한 호올 임프 몇 마리가 날아오며 불을 뿜었다.

콰콰쾅!

갑옷 위로 연신 폭발이 일어났지만 정작 부서진 곳은 거의 없었다.

골렘 나이트가 한발 앞으로 나서며 양손을 뻗었다.

솥뚜껑 같은 손아귀가 선두의 호올 임프 두 마리를 가볍게 움켜쥔다.

"켁?"

"캬악!"

채 당황하기도 전에 골렘 나이트가 양손을 강하게 쥐었다.

우지직!

과일을 쥐어짜는 것처럼 악마즙이 사방으로 비산했다.

호올 임프도 상당히 강한 악마인데 간단히 으깨 버린 것이다.

물론 그 대가로 카미로스는 사경을 헤매고 있었지만.

"크, 크윽⋯⋯."

마력과 사령력이 쪽쪽 빨려 나간다. 당장이라도 쓰러질 것 같은 허탈감이 전신을 휘감는다.

그는 혼미한 정신을 애써 잡았다.

'아직이다! 아직은 쓰러질 수 없어!'

기껏 소환한 골렘 나이트였다. 적어도 신전 측 전력의 중심이 되는 이들은 해치워야 했다.

전장을 쓸어 가고 있는 바로스와 세라티를 겨누며 카미로스가 고함을 터트렸다.

"저놈들부터 해치워라!"

골렘 나이트가 쿵쿵거리며 달려갔다. 그리고 대뜸 양손을 크게 휘둘렀다.

쿠쿠쿵!

무자비한 타격음과 함께 피 분수가 솟구쳤다.

"크악!"

"으아악!"

박살 난 쪽은 백작가의 기사들이었다.

뒤에서 원군 오는 줄 알고 완전히 마음을 놓았다가 맥없이 당해 버린 것이다.

카미로스가 멍한 신음을 흘렸다.

"……어?"

안개 너머를 관조하며 카르나크는 빙그레 웃었다.

"미안하다, 그건 한번 봤다."

데츠라스의 골렘 나이트는 확실히 강력한 술법이었다. 하지만 지금은 깔끔하게 모든 술식을 파악한 지 오래였다.

마력의 로드를 휘두르며 허공에 빛의 점을 수놓는다.

"여기, 여기 그리고 여기. 마지막으로 여기!"

톡, 톡, 톡, 퉁!

마지막 한 점에서 파문이 일어 골렘 나이트에게로 날아갔다.

암석의 머리 위로 빛의 고리가 휘감겼다.

모든 제어권이 확실하게 카르나크에게 넘어간 것이다.

고오오오!

육중한 거체가 사교도 무리 사이로 뛰어들었다.

골렘 나이트는 암흑투기를 쓰는 기사들도 버티기 힘든 괴물이다. 하물며 일반 평신도들은 오죽할까?

"으아악!"

"아악!"

절규의 하늘 아래 피의 강이 범람한다.

그 참혹한 광경에 카미로스는 부들부들 떨었다.

"이, 이게 무슨……."

골렘 나이트는 완전히 그의 지배에서 벗어났다. 여전히 마력과 사령력은 계속 빨려 나가고 있는데도.

자신의 힘에 동료들이 죽어 가고 있는 것이다.

그런데 여기서 계속 정신을 부여잡고 있을 필요가 있을까?

"제, 젠장……."

집중할 이유가 없는데 집중력이 유지될 리 없었다.

이내 그의 의식이 끊어졌다. 동시에 골렘 나이트 역시 소환 해제되어 버렸다.

"아, 벌써? 그놈 근성 없네."

혀를 차며 카르나크는 다른 쪽을 내려다보았다.

어느새 바로스가 쓰러진 카미로스를 향해 달려가고 있었다.

건물 옥상과 거리 아래쪽은 꽤나 떨어져 있다. 은밀한 전언이 통할 거리는 아니다.

그래서 그냥 크게 소리쳤다.

"생포해, 바로스!"

카르나크 일행만 있다면 죽이고 강령술 써서 정보 뽑았겠지만 지금은 신관들과 함께 움직이는 중이다.

'사람답게 살려면 눈치는 좀 봐야지.'

바로스도 충분히 상황을 이해하고 있었다.

쓰러진 카미로스에게 다가간 뒤 오러의 칼날을 가볍게 휘두른다.

서걱!

마법사의 두 손목이 잘려 나갔다.

절단과 동시에 열기를 가한 덕에 단면이 새까맣게 그을려 있었다.

마법사건 사령술사건 두 팔이 없으면 수인을 맺지 못해 실력이 크게 제한된다. 쉽게 안전하게 무력화시킬 수 있는 방법인 것이다.

물론 동료들이 보기엔 실로 끔찍한 광경이다.

기겁한 안센트가 치를 떨며 달려갔다.

"카미로스!"

바로스의 등 뒤로 붉은 투기검을 길게 뻗어 낸다.

선홍의 오러가 허공을 가르며 날아든다.

그리고, 너무도 가볍게 튕겨 나갔다.

"크윽!"

가로막은 이는 아까부터 그와 대치 중이었던 붉은 머리의 미녀 검사였다.

"젠장, 어디서 이런 괴물들이 나타난 거지?"

금발의 기사는 그렇다 치고 이 여인도 실력이 보통이 아니다.

겉보기엔 아직 어린 처녀이거늘, 그렌탈 백작령 최강의 기사인 자신과 동급이라니?

억울해하는 그의 태도에 세라티는 어이없어했다.

'괴물? 내가?'

그런데 생각해 보니 그럴 법했다.

실제로 안센트를 상대하는 것은 별로 어렵지 않았다.

예전 같았으면 꽤나 힘겹게 승패를 갈랐어야 할 상대임에도 불구하고.

'내가 언제 이렇게 강해졌지?'

신기해하면서도 바로 투기검을 튕겨 내고 사선 방향으로 참격을 내리그었다.

"크윽!"

이미 탈진한 안센트에게는 더 이상 버틸 기력이 없었다.

검을 놓치며 그가 무릎을 꿇었다.

"으으으……."

＊

휴델은 침울한 얼굴로 지상을 내려다보고 있었다.

'안센트, 카미로스…….'

솔직히 다른 사령술사들에겐 크게 미련이 없다.

본인이 검은 신의 교단의 높은 지위라 해서 딱히 광신도를 좋아하는 건 아니다.

당장 이 사달을 내 놓은 것도 저놈의 광신도들이 아닌가?

하지만 저 둘은 다르다.

백작가의 귀중한 직속 가신들이었고, 그에 대한 충성심도 높았다.

그런 안센트와 카미로스가 몸을 아끼지 않고 버텨 주었기에 밀리는 와중에도 그나마 전선을 유지할 수 있었던 것이다.

저들마저 쓰러지니 진영의 붕괴에 가속이 붙었다.

하늘에선 임프 무리가 불을 뿜고 땅에서는 신성한 빛과 붉은 오러가 번뜩인다. 그때마다 아군이 연달아 쓰러져 간다.

이대로라면 결과는 뻔하다.

그는 각오를 굳혔다.

'이렇게 된 이상 어쩔 수 없지.'

여기서 더 머뭇거리면 그나마 남은 기회조차 사라질지도 모를 일이었다.

'……인간의 길을 버리는 수밖에!'

휴델이 가슴께에 양손을 모았다. 그리고 방대한 어둠의 정기를 끌어냈다.

"계약의 속박 아래 저들이 존재할 이유를 강제하노니……."

어둠이 안개를 잠식하며 퍼져 나갔다.

거리에 퍼져 있던 모든 사교도들이 그 영향력하에 들어섰다.

"앗?"

"추기경 각하?"

사령술사들의 이마 위로 새까만 무늬가 떠올랐다. 사교도
와, 백작가 기사들 역시 마찬가지였다.

칠흑의 문양에서 검은 기류가 뿜어져 나오기 시작했다.

"영주님!"

"설마 우리를?"

사방에서 비명이 터졌다.

엄청난 양의 정기가 영혼과 함께 사교도들의 육체에서 뽑
혀 나오고 있었다.

"그대들의 희생은 잊지 않을 것이다."

어둠을 갈무리하며 휴델이 엄숙하게 뇌까렸다.

"좋은 세상이 오면 다시 만나자꾸나."

골수까지 광신도인 이들이 희열에 젖어 외쳤다.

"테스라낙을 위하여!"

"우리의 영육을 바치겠나이다!"

비교적 제정신인 이들은 악을 써 댔다.

"야, 이 개 같은……!"

"주, 죽기 싫어!"

어떻게 받아들이건 간에, 결과는 다르지 않았다.

뽑힌 영혼과 정기가 휴델에게로 모인다. 그의 전신이 칠흑

으로 뒤덮이며 점점 부풀어 오른다.

"심연이여, 달의 눈동자를 찔러 피의 밤을 드리울지어다!"

밤하늘이 검붉게 물들며 거대한 형체를 토해 냈다.

이 자리의 모든 사령술사와 사교도를 잡아먹은 어둠의 괴물이었다.

피의 하늘 아래 부정한 형상이 꿈틀거리고 있었다.

뼈와 점액이 형체 속을 떠다닌다. 5개의 다리가 건물을 짓밟고 8개의 팔이 사방으로 뻗어 간다. 일그러진 얼굴이 어깨와 붙은 채 아지랑이처럼 일렁인다.

그것은 얼핏 수십 미터에 달하는 거대한 슬라임처럼 보였다.

하지만 진짜 슬라임 따윈 귀여워 보일 만큼 끔찍하고 흉측한 몰골이었다.

사이샤의 신관들이 기겁해 외쳤다.

"맙소사, 어찌 저런 추악한 짓을!"

"동료들을 잡아먹다니!"

사령술 중에서도 가장 사악한, 인간이라면 결코 행해선 안 될 최악의 술법인 것이다.

휴델을 노려보며 카르나크 역시 분노를 터트렸다.

"이 무슨 끔찍한 짓이냐? 그대만을 믿고 따라온 부하들이거늘!"

하늘을 우러러 한 점 부끄럼 없는 그 당당한 모습에 세라티는 입을 쩍 벌렸다.

'와, 저 뻔뻔한 인간 보소?'

라피셀과 싸울 때 카르나크가 하려고 했던 짓이 저것 아니었나?

자랑스러운 듯 바로스가 어깨를 으쓱였다.

[역시 우리 도련님이 연기를 좀 하신다니까요.]

[지금 그걸 자랑이라고 하는 거예요?]

[연기도 못하는 것보단 낫잖아요?]

바로스는 느긋한 표정을 지었다.

아무리 강하고 아무리 엄청나도 결국은 사령술이다. 그리고 이 자리엔 왕년의 사령왕이 있다.

'도련님이 알아서 하시겠지.'

아니나 다를까, 퍼져 나가던 어둠의 기세가 가장자리부터 소멸하기 시작했다.

암흑 곳곳에 광구가 생성되며 기이한 소음과 함께 표면을 파고들어 간다.

갉갉갉갉갉…….

카르나크가 펼친 사법의 대속자가 저 거대한 어둠을 갉아먹고 있는 것이다.

'역시 이렇게 되나?'

휴델은 차분히 상황을 살폈다.

'저놈이 어떻게 이 마법을 알고 있는지 모르겠지만……'

엘레자르를 통해 마법의 원리는 이해하고 있다. 비록 본인은 마법사가 아니라 구사하진 못하지만.

저건 술식의 빈틈을 파고들어 오류를 일으킨 뒤 역이용하는 방식의 마법이다.

그러니 오류가 일어나지 않을 정도로 단순한 사령술을 쓰거나……

'빈틈이 생기지 않을 정도로 사령력을 한 점에 집중하면 된다!'

어둠 속을 떠다니며 휴델이 입을 열었다.

"이름 없는 존재에게 운명을 부여하노라."

사방으로 퍼져 가던 어둠이 급속도로 압축된다.

수십 미터의 거체가 수 미터까지 줄어들며 공기를 찢어발긴다.

"오라, 죽음을 칭하는 자여!"

＊

수십 미터에 달하는 부정형의 존재는 더 이상 없었다.

대신 3미터에 달하는 암흑의 거인이 그 자리를 차지했다.

여전히 거대했지만, 아까에 비하면 월등히 작아진 모습이었다.

작아졌어도 결코 약해진 건 아니다. 오히려 어둠이 집중될 대로 집중되어 흑요석처럼 표면에 묵빛이 흐른다.

"네놈이 무슨 수작을 부리건 간에⋯⋯."

어둠의 거인이 된 휴델이 붉은 눈을 치켜떴다.

"절대적인 힘 앞에선 무의미한 법!"

검은 폭풍이 마을 상공에 휘몰아쳤다.

강렬한 파괴의 바람이 카르나크를 포함해 성하 마을 전체를 휩쓸었다.

콰콰콰콰쾅!

그걸로 끝이 아니었다.

폭풍이 하늘을 가르며 피의 비를 뿌려 댔다.

핏물이 닿은 건물이며 석조 바닥이 녹아내리며 연기를 뿜었다.

"피, 피해라!"

"다들 성광을 펼쳐!"

성직자들과 신전 병사들이 허겁지겁 신성 방어막 아래로 들어가 피의 비를 피했다.

그 모습을 내려다보며 휴델은 오만하게 웃었다.

"흥! 쥐새끼들 같구나!"

충분히 오만할 자격이 있었다.

방금의 일격만으로 이 일대가 완전히 쑥대밭이 된 것이다.

건물 옥상을 올려다보며 알리우스가 치를 떨었다.

"엄청난 힘이다……."

폭연 사이로 반파된 건물이 드러났다.

전신에 마법 방어막을 두른 카르나크가 머리를 쓸어 올리고 있었다.

"대단하긴 하네."

전신이 흙투성이였다. 하지만 딱히 부상을 입은 것처럼 보이진 않았다.

휴델이 눈을 가늘게 떴다.

"호오, 용케 피했구나."

위를 올려다보던 세라티가 전언을 날렸다.

[저희도 끼어들까요, 카르나크 님?]

[아니, 아직.]

오만한 휴델의 목소리가 이어진다.

"어디, 또 다른 수작을 부려 볼 테냐?"

"글쎄."

묘한 대꾸와 함께 카르나크가 허공으로 떠오르기 시작했다.

휴델의 안색이 살짝 굳었다.

'부유 마법? 전투 중엔 효율적인 짓이 아닌데?'

공중에서 우아하게 날아다니며 불과 번개를 쏘는 마법사?

멋만 있지 실은 요격당하기 딱 좋다.

대규모 전투 중 적진의 사기를 꺾어야 할 때 간혹 저지르곤 하지만 이런 상황에선 아무 쓸모도 없는 것이다.

그런데 굳이 허공의 표적이 되어 주다니?

"흥, 날벌레처럼 떨어뜨려 주지."

비웃음과 함께 휴델이 양팔을 들어 올렸다.

어깨 너머로 수십 줄기 칠흑의 섬광이 쏜살같이 날아들었다.

"어디 피할 수 있나 보자!"

과연, 카르나크는 피하지 못했다.

저 수많은 공격이 죄다 적중한다!

콰콰콰콰콰쾅!

그럼에도 떨어지진 않았다.

부유 마법과 함께 배리어를 펼쳐 공세를 죄다 막고 있는 것이다.

휴델이 감탄을 흘렸다.

"방어는 제법 잘하는구나."

하지만 고작해야 6서클의 배리어 마법이었다.

반면 이쪽은 수십 명의 사교도와 사령술사를 잡아먹고 어마어마한 권능을 얻었다. 심지어 그걸 압축하기까지 했다.

"언제까지 버틸 수 있을 것 같으냐?"

계속해 폭발이 이어졌다.

콰콰콰쾅!

휴델의 미간이 살짝 구겨졌다.

'뭔가 이상하다.'

어쩐지 상대가 잘 버티고 있었다, 지나칠 정도로.

'6서클의 배리어가 이렇게나 튼튼할 수가 있나?'

진작 부서졌어야 정상이다.

차라리 깨지자마자 다시 배리어를 또 펼치면 모를까, 저렇게 한 마법만으로 오래 버틸 순 없다.

'대체 뭐지?'

갑자기 카르나크가 이해 못 할 질문을 던졌다.

"내가 보이나?"

흠칫 놀라 휴델이 정신을 집중했다.

'환영이나 환각술을 걸었나?'

아니다. 카르나크는 틀림없이 눈앞에 위치한다.

"……무슨 말을 하고 싶은 거냐?"

"정말 내가 보여?"

"당연한 소릴 왜 하는 거냐!"

불길한 느낌에 휴델의 언행이 신경질적으로 변했다.

카르나크가 빙그레 웃었다.

"그럼 밑은 안 보고 있겠군."

'밑?'

무심코 건물 아래쪽 거리를 내려다본 휴델의 안색이 창백해졌다.

20기의 골렘이 그를 향해 오른손을 뻗고 있었다.

'헉! 어느새?'

두꺼운 암석 손바닥 위로 둥근 마법진이 명멸한다. 20개의
마탄이 당장이라도 터질 듯 굉음을 뿌린다.

웅웅웅웅!

장난스러운 음성과 함께 카르나크가 손가락을 튀겼다.

"전탄 발사!"

스무 줄기의 불꽃이 마을 상공을 장대하게 갈랐다.

콰콰콰콰콰쾅!

꼭꼭

폭연 속에서 3미터의 검은 거인이 거리로 추락했다.

쿠웅!

떨어진 거인을 향해 골렘들이 일제히 덤벼들었다.

사방에서 묵직한 돌 거인들이 펀치를 날린다. 화들짝 놀란
휴델도 반격에 나선다.

"으, 으아아아!"

암흑 거인과 석조 골렘 무리의 무식한 드잡이질이 이어졌
다.

붙잡고 때리고 걷어차고 후려갈긴다.

그때마다 돌로 된 파편과 어둠의 조각이 동시에 튄다.

쾅! 콰쾅! 쿠웅!

"크윽!"

신음을 흘리며 그는 당황했다.

골렘이 부서질 때마다, 휴델의 암흑 역시 함께 흩어지고 있었다.

'내, 내 몸이 왜 이렇게 잘 부서지지?'

카르나크의 골렘들은 분명 강력하다. 그건 인정한다.

하지만 이를 감안해도, 사령술 갑옷이 이상할 정도로 맥없이 부서지고 있었다.

'설마 어둠의 방어를 부수는 마법도 있는 건가?'

허공에 뜬 채로 거리 아래를 노려보며 카르나크가 턱을 매만졌다.

"쯧쯧, 자기가 뭘 하는지 정도는 이해하고 있었어야지."

마법은 집중, 사령술은 분산.

이것이 각자의 위력을 가장 극대화하는 방법이다.

"그런데 사령력을 한 점으로 집중하면 어떻게 될까?"

어설프게 뭉친 사령력은 그냥 흐물흐물한 어둠일 뿐이다.

과자 마녀의 경우엔 워낙 특이한 케이스였고 그래서 카르나크도 많이 당황했지만, 원래는 별 효과가 없는 것이다.

반면 카르나크는 마력을 집중해 한 점의 파괴력을 낳고 있다.

즉, 휴델은 지금 자신의 약점으로 상대의 장점과 부딪치고 있다는 의미가 되는데…….

"명치로 주먹을 때리면 대체 누가 아프겠냐?"

그렇다고 단순한 술식을 구사해 사법의 대속자를 파해할 수 있냐 하면 그것도 아니었다.

단순한 사령술은 그만큼 위력도 크게 약화된다. 이제까지야 카르나크의 사령력이 워낙 미천해 통했던 것뿐이다.

심지어 사령력의 격차가 그렇게나 나는데도 결국은 이기지 않았던가?

사법의 대속자가 지닌 최고의 장점이 이것이었다.

상대가 대응을 한다 해도 결과적으론 불리함을 강요할 수 있다는 점.

그래서 사법의 대속자에 대한 진정한 파해법은 단 하나, 파고드는 술식을 역으로 운용해 막아 내는 것밖에 없다.

"물론 저 녀석에게 그럴 재주가 있을 리 없고."

중얼거리며 카르나크가 지상의 휴델에게 마법의 로드를 겨눴다.

"골렘들만 고생시키기는 미안하니까 손 좀 보태야지."

찬란한 섬광이 허공을 갈라 대지를 강타했다.

콰아아앙!

우렁찬 폭음과 함께 암흑 거인이 건물을 부수며 처박혔다.

성하 마을 위로 무자비한 파괴의 흔적이 길게 자취를 남겼다.

"제, 제기랄!"

발버둥을 치며 휴델이 사방으로 어둠을 흘리기 시작했다.

"이럴 리가 없다!"

이해할 수 없었다.

아무리 사령술의 원칙에서 벗어난다 해도 모은 권능 자체가 워낙 어마어마했다. 그런 힘이 이렇게 약할 리 없었다.

"모두의 희생을 통해 얻은 힘이거늘!"

허공을 부유하던 카르나크가 서서히 휴델 앞에 내려와 섰다.

"그래, 그게 네가 약한 또 하나의 이유다."

"뭣이?"

비틀거리며 휴델이 몸을 일으키려 했다. 그러다 도로 주저앉았다.

"윽!"

뭔 짓을 한 건지 모르겠지만 전신의 사령력이 자꾸 엉뚱하게 날뛰며 전혀 제어가 되지 않았다.

그런 휴델에게 다가가며 카르나크가 혀를 찼다.

"너, 아직도 잡아먹은 인간들을 불쌍하다고 여기고 있지? 그러니까 희생이니 뭐니 하고 있잖아."

순간 이해가 가질 않아 휴델이 멍한 표정을 지었다.

'아니, 희생을 희생이라고 하지, 그럼 뭐라고 한단 말인가?'

카르나크가 오른손을 들었다.

"그래서 안되는 거야."

대의를 위한 어쩔 수 없는 희생?

그런 식으로 스스로를 속여서는 진정한 사령술사가 될 수 없다.

희생양으로 만든 것에 죄책감을 느낄 정도면 애초에 희생시키지 말았어야 한다.

아니면, 아예 희생양이란 생각조차 안 들 정도로 무심하게 죽여 버리거나.

"밥숟가락 뜰 때마다 농부의 피땀에 눈물을 흘려서야 소화가 제대로 되겠어?"

손가락이 휴델의 명치를 가리킨다.

"밥은 편하게 먹어야지."

나직한 영창이 뒤를 잇는다.

"꿰뚫는 섬광이 될지니, 아케인 버스트."

빛의 폭발이 일어나 휴델의 어둠을 모조리 걷어 냈다.

폭음과 함께 너덜너덜해진 휴델이 바닥을 굴렀다.

비명은 없었다. 그저 가냘픈 호흡만 희미하게 이어질 뿐이었다.

"알아낼 게 많으니 살려는 둬야지."

쓰러진 휴델을 바라보며 카르나크는 혀를 찼다.

휴델의 사령술은 분명히 약하지 않았다. 하지만 제대로 운용하지 못해 결국 빈틈을 낳았다.

인간다움이 아직 남아 있었기 때문이다.

역시 제대로 된 사령술사가 되려면 사람답게 살면 안 된다.

사람답게 살려면, 제대로 된 사령술사가 되면 안 되고.

"사람답게 살기 힘들구만, 거참."

검은 신의 대마법사

기나긴 밤이 지나고 마침내 아침이 왔다.

격전지가 된 성하 마을은 지옥으로 변해 있었다.

사방에 박살 난 좀비며 마물의 사체가 즐비하다. 죽은 사교도와 사령술사의 시신도 마을 곳곳에 굴러다닌다.

아무리 사악한 사교도니 뭐니 해도 소중한 가족이었고 이웃사촌이었다. 죄 없이 조종당하다가 죽은 이들도 상당했다.

살아남은 이들은 죽은 이들을 보며 울부짖었다.

"아버지!"

"으허어엉!"

"아이고오!"

하지만 이 환란을 수습할 책임이 있는 이들은 더 이상 존재하지 않는다.

영지를 다스리던 백작가의 가신 대부분이 사교도였다.

전부 휘델에게 어둠의 정기를 빼앗겨 죽어 버린 것이다.

그 대신, 알리우스며 벨튼을 비롯한 사이샤의 신관들이 바쁘게 움직였다.

백작 성은 불탔고 성하 마을은 반파되었으며 영지의 대신전 역시 너덜너덜했다. 여러모로 뒤처리가 큰일이었다.

생필품이며 식재료를 긁어모아 어떻게든 식사부터 마련했다. 그리고 뒷수습에 나섰다.

비교적 멀쩡한 마을 건물을 골라 부상자를 옮긴다. 집을 잃은 이들에게 임시 거처도 마련해 준다.

워낙 사망자도 부상자도 많다 보니 일손이 크게 부족했다.

그래서 세라티와 라피셀 역시 피곤한 몸을 이끌고 최대한 돕고 있었다.

"괜찮으세요, 할머니?"

"라피셀, 이 아이도 임시 거처로 데려가렴!"

"네, 세라티 언니!"

카르나크와 바로스도 바쁘게 움직였다.

물론 사람들을 돕기 위해서는 아니었다. 아직 그 정도로 이놈들이 인간이 되진 않았다.

바로 묵었던 여관으로 달려가 짐부터 챙겼다.

"다행히 누가 털어 가진 않았네요."

"거참, 여관 주인이 사교도였을 줄이야."

"사실 잃어버려도 큰 문제는 없었을걸요. 우리가 그렇게까지 비싼 걸 들고 다니진 않았으니까."

"뭔 소리야? 엘프제 속옷은 진짜 비싸."

"……세라티 경이 그런 것도 샀었어요?"

짐 보따리 챙겨서 마을 강당으로 돌아오니 세라티가 눈을 흘겼다.

"짐 챙겨 주신 건 참 고마운데요, 이제 이쪽도 좀 도와주시죠?"

카르나크가 눈을 껌벅였다.

"응? 왜?"

바로스도 함께 껌벅였다.

"우리도 도와야 돼요?"

"여기 있는 사람들 다 합쳐도 내가 휴델 해치운 것보다 이 마을에 도움이 되진 않았을 것 같은데."

"외지인이 이 정도 했으면 됐지, 뭘 더해요?"

둘 다 연신 고개를 갸웃거리고 있었다.

하지만 세라티는 굳이 타박하지 않았다.

이젠 그녀도 아는 것이다.

귀찮다거나 하기 싫어서가 아니라, 정말로 이유를 몰라서 저러고 있다는 것을.

그리고 슬슬 어떻게 대처해야 하는지도 알 것 같다.

"맞아요."

"응?"

"카르나크 님 말씀이 다 맞다고요."

"그럼 그냥 쉬어도 돼?"

"네, 되긴 되죠."

세라티가 슬쩍 대화를 비밀 전언으로 바꿨다.

[사람답게 살고 싶으면 도우시고요.]

[왜 저들을 돕는 게 사람답게 사는 건데?]

[애초에 다른 사람들 행동은 이해가 가셨어요?]

[아니.]

[그럼 당연히 지금도 이해가 안 가시겠죠.]

그녀가 슬쩍 라피셀을 돌아보았다.

[그러니까 이해하려 하지 마시고 그냥 라피셀을 따라 하세요.]

[라피셀을?]

[네. 그녀야말로 인류의 마지막 영웅이었다면서요?]

모든 기억을 잃고, 모든 힘을 잃고, 어린아이의 몸으로 돌아온 지금도 라피셀은 어떻게든 사람들을 돕고자 뛰어다니고 있었다.

[다시 악당으로 돌아가고 싶지 않다면 어떤 상황에서도 악당이 되지 않는 사람을 따라 하는 것이 가장 확실하지 않겠어요?]

바로스와 카르나크가 서로를 바라보았다.

[설득력이⋯⋯.]

[⋯⋯있어!]

이후 두 사람도 구조대에 참가했다.

카르나크는 마법으로 부서진 건물 파편을 치워 생존자를 구하고, 바로스도 열심히 부상자를 날랐다.

둘 다 이 짓을 왜 해야 하는지 전혀 이해 못 하는 표정이었다. 하지만 개의치 않았다.

'라피셀도 기억을 잃었으니 이유를 모르긴 마찬가지일 텐데⋯⋯.'

'그래도 본능적으로 하잖아요.'

'그럼 뭔가 이유가 있겠지.'

도움을 받은 마을 주민들이 눈물을 글썽이며 감사를 표한다.

"고맙습니다. 고맙습니다."

"여신의 은총이 함께하시길⋯⋯."

사람들이 고마워한다 해서 딱히 감흥 따윈 없었다.

어차피 여기를 떠나면 다신 얼굴 볼 일 없을 텐데?

게다가 백성들의 감사는 허상과도 같아, 세상의 풍파 속에 너무도 쉽게 사라지기 마련이다.

하지만 카르나크 일행을 보는 사이샤의 신관들 표정은 매우 따뜻했다.

"다들 고생이 많으시군요."

"피곤하실 텐데……."

심지어 카르나크 일행은 제국민도 아니고 7왕국인이다. 그럼에도 사교도를 물리쳐 영지를 구해 주었고, 지금도 자기 일처럼 돕고 있었다.

감동을 받지 않을 수 없는 것이다.

"힘이 있음에도 의무를 다하지 않는 이들이 세상에 그리 많거늘……."

"저분들이야말로 힘에 따르는 책무를 깊이 이해하고 있구려."

카르나크와 바로스에게도 이는 꽤나 신선한 경험이었다.

간밤에 열심히 사교도를 상대할 땐 저런 눈빛이 아니었다.

[그렇구나. 똑같이 좋은 일을 해도 종류가 좀 달라.]

[좋은 일을 하는 것만으로는 평판이 오르는 게 아니네요.]

[생색을 내야만 비로소 영양가가 생기는 거었어!]

깨달음을 얻은 둘을 보며 또다시 한숨을 쉬는 세라티였다.

[……왜 그게 그렇게 해석이 되나요?]

열심히 사태 수습에 열중하다 보니 하루가 꼬박 지났다.

늦은 오후가 되어서야 카르나크 일행도 일에서 해방이 되었다.

밤을 꼬박 새운 라피셀을 방 한편에 재운 뒤, 카르나크가 앞으로의 일정에 대해 논의했다.

대충 계산해 보면 파사의 여단의 도착 예정일은 내일과 모레 사이.

"일단 그때까진 기다려야지."

최대한 얼굴도장 찍고 생색도 내면서 휴델과 생포한 사교도들을 넘길 생각이었다.

그래야 나중에 또 제국에 올 일이 생길 때 여러모로 편해지는 것이다.

세라티가 혀를 내둘렀다.

"사람 마음은 이해를 못 하시면서 이런 건 또 잘 아시네요."

억울한 듯 카르나크가 항변했다.

"나라고 인간의 감정을 아예 모르는 건 아니거든!"

인간의 욕심은 이해할 수 있다.

공포와 원망, 증오와 분노 같은 감정도 대체로 납득이 간다.

그저 사랑이나 동정, 측은지심이며 보호 심리 같은 것이 이해가 안 갈 뿐이지.

"그러니까 나도 실은 굉장히 감정적인 인간이거든. 그런데 왜들 나보고 감정이 없다고 그랬을까?"

"그, 글쎄요."

대체 뭐라 답해야 할지 몰라 얼버무리는 세라티였다.

하여튼 파사의 여단이 오기 전에 해야 할 일이 있다.

"휴델에게 알아낼 건 알아내야지."

바로스가 장검을 매만졌다.

"죽이고 영혼 뽑으시게요?"

영혼의 상태를 온전히 유지한 채 죽이는 것도 생각보다 쉬운 일은 아니다.

자신이 확실히 죽었다는 걸 인식해야 나중에 강령술 쓰기도 편한 것이다.

가끔 너무 잠들듯 죽어 버리는 바람에 자기가 죽은 줄도 모르고 싸돌아다니는 망령이 되는 경우가 있는데, 이러면 영혼 소환의 난이도도 크게 올라간다.

그래서 바로스는 확실하게 '죽음을 인지시킨 채' 죽이는 방법에도 제법 조예가 깊었다.

카르나크가 고개를 저었다.

"일단 바늘부터 꽂아 보고."

정보가 잘 뽑히면 굳이 죽일 필요까진 없으니 산 채로 넘겨서 파사의 여단에 빚을 더 지우는 쪽이 나았다.

"영 저항이 심하면 실수로 죽였다고 하고 시체만 넘겨야지."

휴델은 마을 외곽의 창고 건물 지하에 갇혀 있었다.

원래는 겨울 대비용 식료 창고였지만 사이샤 신전도 백작성도 박살 난 지금은 제일 튼튼한 건물이었다.

도둑을 대비해 쇠창살도 두껍게 달아 놓았으니 포로를 가두기엔 적격이다.

경비들에게 잠시 자리를 비우라고 한 뒤 카르나크 일행은 지하로 내려갔다.

"잘 지냈나, 사교도 씨?"

신성은 수갑으로 사령력이 봉인된 휴델이 이를 갈았다.

"흥! 무슨 수를 써도 내 입은 열리지 않을 것이다!"

시큰둥하게 대꾸하며 카르나크가 차음 결계를 펼쳤다.

"응, 열지 마."

주위 소음을 차단한 뒤, 곧바로 혼돈마력을 가늘게 뽑아 기다란 바늘을 만든다.

그 모습을 본 휴델이 공포에 질렸다.

"뭐, 뭐냐?"

푸욱!

대뜸 뒤통수에 바늘이 꽂혔다. 순식간에 놈의 표정이 바뀌었다.

"으어어……."

휴델이 입을 벌리고 침을 질질 흘리기 시작했다.

"이 짓도 자주 하니 요령이 느는군."

혼돈마력으로 뇌를 조작하는 것에 충분히 익숙해져서 슬슬 사령술만큼의 효율이 나와 주는 것이다.

"역시 세상에 노력하면 안 되는 건 없다니까."

바로스가 코웃음을 쳤다.

"노력의 순수성을 이렇게나 더럽히는 발언은 처음 듣는 것 같은데요."

세라티는 애매한 표정으로 둘의 대화를 듣고 있었다.

저 두 놈에게 얼마나 익숙해진 건지, 이젠 저런 이야기 정도는 딱히 이상하게 느껴지지도 않는다.

'어휴, 나 정말 괜찮은 건가 모르겠네.'

휴델의 심상을 완전히 제압한 뒤 카르나크가 명령을 내렸다.

"자, 네 팔자 좀 읊어 봐라."

　　　　　　　　　※

휴델 그렌탈의 어린 시절은 여러모로 카르나크와 흡사했다.

사생아까진 아니었지만 위로 형이 셋이나 있어 영지를 이어받을 가능성이 거의 없었다는 점, 자식을 소유물로만 인식하는 아버지 밑에서 사랑을 받지 못하고 자랐다는 점도 비슷하다.

다른 점이 있다면, 망나니 취급받은 카르나크와 달리 휴델은 어릴 적부터 영특한 아이였던 정도.

하지만 이게 오히려 문제가 되었다.

휴델의 재능을 경계한 형들이 수시로 그를 괴롭힌 것이다.

아버지인 전대 영주 역시 맏형을 섬기고 따르라고만 할 뿐 휴델이 반항하는 것은 용납하지 않았다.

그래서 아예 가문을 벗어나 마법사나 성직자의 길을 걷고자 한 적도 있었다.

하지만 마법사와 성직자는 단순히 머리만 좋다고 될 수 있는 것이 아니었다. 마나, 혹은 신성력에 대한 재능을 타고나야 했다.

아쉽게도 휴델에게 그쪽의 재능은 없었다, 카르나크와 마찬가지로.

그런 그에게 변화가 생긴 것은 5년 전, 이 세계에 최초로 종말의 어둠이 뿌려지던 때였다.

종말의 어둠을 흡수한 휴델은 의지만으로 강력한 죽음의 힘을 다룰 수 있게 되었다.

고작 10대 후반의 소년에겐 실로 거대한 유혹이었으리라.

그럼에도 휴델은 여타 사령술사와는 다른 면모를 보였다.

힘 앞에서 희열을 느끼기보다 두려움을 먼저 느낀 것이다.

'제어할 수 없는 힘은 재앙일 뿐이야.'

당시만 해도 종말의 어둠에 대해 알려진 바는 거의 없었다. 하지만 본능적으로 이 힘이 사령술과 관련되었음을 알 수 있었다.

그래서 아버지에게 부탁해 제도, 테아 크라한으로 유학을 떠났다.

형들을 충실히 보필하기 위해 학문을 보다 깊이 익히고 싶으니 지원해 달라고 한 것이었다.

이는 그렌탈 백작가 입장에서도 매우 바람직한 선택이었다.

골치 아픈 계승권 문제가 깔끔하게 해결되니 반대할 이유가 없었다.

그렇게 휴델은 제도의 학원에 입학했다.

행정이며 기타 학문을 익히는 와중에 마법학이며 고대 서적을 열심히 파고들었다. 사령술에 대한 자료를 찾기 위해서였다.

'이 힘을 제대로 쓸 방법을 찾아야 해. 그 전엔 절대 들통나선 안 돼.'

최대한 조심하고 또 조심했다.

무려 2년이라는 시간 동안 그 누구에게도 들키지 않고 자료를 모았다.

실제로 어느 정도 사령술의 기초를 익히기까지 했다.

그럼에도 결국 꼬리가 밟혔다.

인적 없는 숲속에서 몰래 사령술을 연마하던 그의 눈앞에 한 여인이 나타난 것이다.

"독학으로 그 정도나 익혔느냐? 꽤나 흥미로운 아이로구나."

그녀가 누군지는 이미 알고 있었다.

제도의 학원에도 간혹 얼굴을 비쳤기에 먼발치에서나마 몇 번 본 적이 있다.

그래서 휴델은 모든 것을 포기했다.

제국 황실 마법사, 엘레자르 데 리플라시온.

저 위대한 대마법사 앞에서 그가 무엇을 할 수 있을까?

그때였다.

그녀의 전신에서 은밀한 어둠의 기운이 뿜어져 나왔다.

"사, 사령술?"

휴델은 경악했다.

그 역시 세상의 기운이 서로 섞이지 못한다는 상식 정도는 익히 알고 있었다.

그런데 대마법사가? 10서클의 추구자가 사령술을 익혔다고?

대체 어떻게?

"널 거두어 주마, 아이야."

은은한 목소리가 휴델의 귓가를 간질였다.

"진정한 어둠의 힘을 터득하고 싶다면, 따라오너라."

✼

"그렇군."
카르나크의 눈동자에 이채가 스쳐 지나갔다.
"엘레자르였나?"

✼

그날 이후 휴델은 엘레자르의 직속 수하가 되었다.
딱히 제자로 삼거나 한 것은 아니었다. 그에게 마법의 소양은 없었으니까.
대신 비서관으로 임명되었다.
그때부터 휴델은 마탑의 행정을 관리하며 엘레자르에게서 몰래 사령술을 배웠다.
어디서 구했는지는 모르겠지만 그녀는 사령술에 대한 다양한 자료를 풍부하게 지니고 있었다.
필요한 사령력은 이미 종말의 어둠으로 충분히 얻은 후였다. 채 1년도 채 지나지 않아 강력한 사령술사가 될 수 있었다.
어느 정도 제 몫을 하게 되자 엘레자르는 휴델을 검은 신의 교단으로 이끌었다.

그녀에겐 제국 황실 마법사 외에도 또 하나의 신분이 있었던 것이다.

검은 신의 교단의 세 성인 중 하나인 파괴의 성녀가 바로 그것이었다.

"세상에, 제국 황실 마법사가 파괴의 성녀였다니……."

이야기를 듣다 말고 세라티가 혀를 내둘렀다.

죽음의 교황, 어둠의 법왕, 파괴의 성녀.

테스라낙을 섬기는 검은 신의 교단을 이끄는 3인의 성인들이었다.

물론 7여신교에선 마인들이라고 부르지만.

카르나크는 놀라지 않았다.

"엘레자르쯤 되는 이가 말단일 리 없잖아? 정말 사교단과 관련되어 있다면 당연히 최고 수뇌부겠지."

남은 둘에 대해선 아쉽게도 정체를 알 수 없었다. 휴델도 저들에 대해선 아무 정보도 가지고 있지 않았다.

"그분들을 직접 뵌 적은 한 번도 없습니다. 엘레자르 님 역시 언급하지 않았습니다."

그래도 사교단의 세 성인 중 1명이라도 정체가 발각되었다는 것은 보통 일이 아니다.

제국이나 7여신교가 이 소식을 들으면 크게 기뻐하리라.

"역시 이 녀석을 살려 놓길 잘했네."

휴델을 파사의 여단에 넘기면 제국 역시 엘레자르의 정체에 대해 알게 될 터.

"그쪽에서 알아서 처리해 주면 최고고, 그게 아니더라도 앞으로 일이 편해지겠지."

싱글거리며 카르나크가 휴델을 재촉했다.

"그래서, 그다음은?"

검은 신의 교단에 투신한 후에도 휴델은 계속 엘레자르의 심복으로 일했다.

대외적으론 제국 황실 마법사의 비서관, 교단 내에서는 파괴의 성녀의 수하로서 성심을 다해 보필했다.

그러는 동안 사령술의 권능도 더욱 강해졌다. 교단의 지위도 높아져 추기경의 위치에까지 올랐다.

그렇게 힘과 권세를 얻고 나서 고향, 그렌탈 영지로 돌아와 오랜 숙원을 깔끔히 해결했다.

온 가족을 다 죽이고 영지를 독식하는 것 말이다.

"이 부분은 우리가 조사한 것과 별 차이가 없군."

엘레자르라는 뒷배가 있으니 새 영주로 취임하는 것에 아무 문제도 없었다.

깔끔하게 그렌탈 영지의 주인이 될 수 있었다.

이후 휴델의 주된 임무는 7왕국 연합 내의 검은 신의 교단과 제국 쪽의 연결을 담당하는 것이었다.

제국 서쪽에 교단의 세력을 넓히는, 일종의 선봉장 역할이었다.

바로스가 고개를 끄덕였다.

"이 친구가 사라지면 7왕국 내 사교도들도 꽤나 흔들리겠군요."

카르나크가 손을 저었다.

"에이, 이 친구 말고도 다른 연결점이 있겠지. 설마 달랑 하나겠어?"

여기서 하나 더 가능성 높은 추리를 할 수 있다.

세라티가 그 점을 짚었다.

"아무래도 사교단의 주요 세력은 전부 제국 쪽에 몰려 있는 모양이네요."

엘레자르 같은 이가 7왕국 연합 쪽에도 존재한다면 굳이 휴델에게 선봉장을 맡길 필요가 없다.

"7왕국 연합의 강자들은 어느 정도 신뢰할 수 있겠는데요."

"듣던 중 반가운 소리구만요, 그거."

이후에도 휴델은 제도와 그렌탈 영지를 오가며 엘레자르의 명에 따라 교단의 자잘한 업무들을 처리했다.

대부분 처음 듣는 일이었지만 카르나크 일행과 밀접한 관련이 있는 사건도 있었다.

"라피셀이 마검 들고 돌아다닌 것도 이놈 짓이었어?"

유스틸의 왕자들 영혼 바꾼 거야, 그 사건을 토대로 역추적해 휴델을 발견했으니 당연히 관련이 있겠지.

하지만 마검 마레다 사건까지 이놈 짓일 줄은 몰랐다.

마침 잘됐다 싶어 카르나크가 진지하게 캐물었다.

"왜 라피셀에게 그런 마검을 쥐여서 보낸 거냐?"

의외의 답변이 돌아왔다.

"제가 한 일이 아닙니다."

애초에 휴델이 사건에 투입한 건 마검 마레다뿐이었다. 라피셀을 함께 보낸 것이 아니었다.

마검을 받은 그렌탈 영지의 사령술사가 이를 제물로 쓸 고아들에게 실험했고, 가장 효과가 잘 나오는 소녀를 골라 유스틸 왕국으로 보냈다.

하필 그게 라피셀이었던 것이다.

"그냥 우연이었던 건가요?"

세라티의 말에 카르나크는 애매한 듯 뺨을 긁었다.

"있을 수 없는 우연까진 아니긴 한데……."

소녀 1명을 딱 짚어 마검의 숙주로 삼았는데 그게 하필 라피셀이었다?

이건 정말 말도 안 되는 우연이다.

하지만 고아들을 잔뜩 모은 와중에 검을 유독 잘 다루는 아이로 라피셀이 결정됐다?

이 정도는 또 있을 수 있는 일이지.

"그러고 보면 라피셀은 원래 제국 서부 출신이었다지?"

카르나크의 질문에 바로스가 어깨를 으쓱였다.

"쓰는 말이 같아서 무심코 유스틸 왕국인으로 착각했네요, 저도."

바라칸트 산맥이 위치한 대륙 중서부.

유스틸 왕국과 아트링겐 왕국 그리고 라케아니아 제국 서부 일대는 모두 동일하게 이솔라어를 사용한다.

비록 국가는 달라도 동일한 문화권인 것이다.

카르나크 일행이 국경을 넘어 제국까지 오고도 언어적으로 문제를 겪지 않았던 이유였다.

나라가 다르면 언어도 바뀌는 것이 보통이지만 대륙 중서부는 역사적인 이유로 살짝 상황이 달랐다.

200여 년 전까지만 해도, 현재의 유스틸 왕국과 아트링겐 왕국의 수장들은 라케아니아 제국 서부를 지키는 장벽으로서 유스틸 변경백, 아트링겐 변경백이라 불리고 있었다.

7왕국 연합이 아니라 5왕국 연합이었던 것이다.

그런데 바라칸트라는 거대한 산맥을 중간에 두고 있으니 아무래도 제국의 영향력이 쉽게 미치지 않는다.

두 변경 역시 독자적으로 발달하게 되었다.

그 와중에 라케아니아와의 마찰도 점점 심해졌다.

결국 독립해 별개의 나라가 되었으니, 비록 행정적으로는 분리되었지만 언어, 문화, 사회적인 측면은 여전히 비슷한 부분이 많았다.

"당시 무왕 벨티아가 제국을 떠돌아다닐 때 라피셀을 후계자로 삼았다는 이야기는 들은 적이 있어요. 그게 이 동네인가 본데요?"

"진짜로 우연인가, 그냥?"

혀를 차며 카르나크가 휴델을 돌아보았다.

"이놈도 라피셀을 모른다고 그러고."

그때였다.

한 번 더 의외의 답변이 돌아왔다.

"모르지 않습니다."

"엥?"

"라피셀이라는 이름은 들어 보았습니다."

"……이건 또 뭔 소리야?"

＊

그렌탈 영지로 복귀하기 직전, 엘레자르가 시킨 임무를 막 마쳤을 때의 일이었다.

"마검 마레다입니다, 엘레자르 님."

"응, 잘했어."

훔쳐 낸 마검을 손에 쥔 채 엘레자르는 잠시 눈을 감았다.

"아, 이렇게 된 거였군."

"이유를 확인하셨나요?"

휴델의 질문을 무시한 채 그녀가 빙그레 웃었다.

"숙주가 하필이면 라피셀이었어? 그렇다면 별로 이상한 일도 아니네."

❧

"잠깐, 엘레자르가 라피셀을 알고 있다고?"

"분명 그때 언급하셨습니다."

멍한 휴델의 대답에 카르나크의 표정이 밝아졌다.

이걸로 엘레자르가 시공 회귀자라는 확실한 증거가 나온 것이다.

'안심하고 엘레자르 찾아가도 되겠네?'

일단 엘레자르만 손에 넣으면 대체 이 세상이 왜 이렇게 된 것인지 확실하게 알 수 있겠지.

어쩌면 그녀를 움직여 모든 것을 되돌릴 수도 있을 것이다.

"일이 쉽게 풀리겠군."

즐거워하는 카르나크의 귀에 휴델의 목소리가 이어졌다.

"이후 엘레자르 님께서 질문하셨습니다."

"라피셀은 지금 어떻게 되었지?"

"킹스 오더의 대대장 중 1명이 거두었다고 합니다."

"그래? 누군데, 그게?"

"제스트라드 가문의 영주, 카르나크 남작입니다. 6서클의 마법사로 킹스 오더의 7대대를 맡고 있습니다."

이어서 바로스와 세라티에 대해서도 간략히 보고했다.

이름을 들은 엘레자르가 나직이 중얼거렸다.

"카르나크에 바로스, 세라티라고?"

잠시 의아해하더니 이내 고개를 젓는다.

"그자들이 뭘 알고 거둔 건 아닌 모양이구나."

그녀가 마검을 도로 건넸다.

"수고했어, 휴델. 고향 가서 한동안 쉬고 있어."

"예, 엘레자르 님."

"……잠깐?"

카르나크의 안색이 돌처럼 굳었다.

"왜 엘레자르가 날 모르는 것처럼 말하지?"

바로스 역시 마찬가지였다.

"저도 모르는 것처럼 구는데요?"

"설마 회귀자가 아닌 건가?"

"그럼 라피셀을 어떻게 알아요? 회귀자여야 가능한 이야기잖아요."

"회귀자라면 왜 우리를 모르는 건데?"

모순이다. 전혀 앞뒤가 맞지 않는다.

혼란에 빠져 카르나크가 미간을 짚었다.

"……이게 대체 어떻게 된 거지?"

한참 고민해 보았지만 답은 나오지 않았다.

현시점에선 유추할 정보가 적어도 너무 적었다.

"일단은 계속 조심하는 수밖에 없겠군."

이왕 말 나온 김에 다른 궁금했던 것들도 차분히 심문했다.

"국경 관문에서는 무슨 짓을 한 거냐?"

휴델은 예의 '과자 마녀 사건'에 대해선 전혀 모르고 있었다.

'이건 검은 신의 교단이 주도한 게 아닌가? 아니면 그냥 이놈이 모를 뿐이고 다른 사교도 놈들이 따로 행동한 건가?'

그래도 7왕국 연합 곳곳에 퍼진 사교단에 대해서 꽤나 많은 정보를 얻었다.

이 명단만으로도 크게 한 건 올린 셈이었다.

"이제 남은 건 파사의 여단에 휴델을 넘기고 유스틸 왕국으로 돌아가는 것뿐이군."

세라티가 물었다.

"엘레자르가 사교도의 수장이라는 걸 알려야 하지 않아요?"

"대놓고 알릴 순 없지. 내가 개입했다는 사실이 들킬 테니."

강령술이야 그렇다 치고, 바늘 꽂이 기억 탐색도 썩 떳떳한 행위라 할 순 없다.

그래서 여태까진 대충 심문하는 척하다 죽이고 사후 증거 내미는 걸로 처리했지만, 휴델 같은 제국 귀족을 그런 식으로 다룰 순 없는 것이다.

"어디까지나 파사의 여단이 직접 심문해 직접 처리하게 만들어야지."

카르나크가 어깨를 으쓱였다.

"걱정 마, 나름대로 생각이 있으니까."

⁂

이틀 뒤, 마침내 파사의 여단이 그렌탈 영지에 도착했다.

사교단을 상대한 경험이 풍부한 이들답게 곧바로 영지의 뒷수습을 시작했으니, 비로소 사이샤의 신관들도 무거운 짐을 벗게 되었다.

하지만 카르나크 일행을 대할 때는 썩 좋은 분위기가 아니었다.

파사의 여단 구성원들 대부분이 7왕국인들을 경멸하는 제국 귀족인 탓이다.

"유스틸 왕국인이라고?"

"사교도를 해치우는 데 공을 세운 건 인정하나, 하필 7왕국인이라니⋯⋯."

그러나 분위기는 곧바로 반전되었다.

파사의 여단을 이끄는 수뇌부가 우연히 일행과 안면이 있는 사이였다.

얼마 전 휴가에서 복귀한 레오콜트와 레스테인 그리고 마법사 스트로노프였던 것이다.

국경 관문에서 구해 준 바로 그들이었다.

"카르나크 공!"

"바로스 경! 여기 계셨군요!"

특히나 레오콜트는 성정이 오만하기로 파사의 여단 내에서도 유명한 이였다.

그런 작자가 앞장서서 일행을 맞이하니 자연히 다른 이들의 태도도 누그러질 수밖에.

'아, 그게 저들이 한 거였어?'

'엄청 강하단 소린 들었는데.'

덕분에 모든 것이 부드럽게 흘러갔다.

파사의 여단을 상대로 기 싸움을 준비하고 있던 카르나크 일행에겐 꽤나 편해진 상황이었다.

돌아가는 상황을 보며 세라티가 혀를 내둘렀다.

"거참, 이런 우연도 다 있네요."

카르나크가 고개를 저었다.

[우연은 아니지, 사실.]

바로스도 그럴 줄 알았다는 얼굴이었다.

[어느 정도 예상하고 있었죠?]

[응.]

애초에 카르나크는 저들이 파사의 여단 서부 주둔군일 거라고 짐작하고 있었다.

라케아니아 제국은 워낙 넓다 보니 어지간해선 인근 출신들을 각 지역의 주둔군으로 임명한다.

그리고 저들은 휴가를 받아 고향 다녀오던 길이라 자신들을 소개했다. 당연히 이 근처 출신이란 소리다.

[갓 휴가 다녀온 이들이잖아. 그런데 사건이 터졌으면 저들부터 임무가 우선적으로 배당되지 않겠어?]

휴델과 르헤인, 세페데스 등 생포한 사교도들은 전원 파사의 여단으로 넘겨졌다.

그 와중에 혼돈마력 바늘로 머리통을 적절히 조작해 주었음은 물론이다.

덕분에 다들 정보가 싹 다 털렸음에도 전혀 기억하지 못했다.

사교도들을 인도하며 카르나크가 레오콜트에게 의미심장한 말을 건넸다.

"저들을 심문하던 중에 흘려들을 수 없는 말이 있었습니다."

바늘 꽂이 기억 조작 말고 일부러 겉보기용 심문도 따로 행한 그였다. 그래야 대외적으로 자연스러워 보이니까.

그때 얻은 정보를 슬그머니 알린다.

"설령 황제 폐하라 할지라도, 자신이 섬기는 분에겐 감히 함부로 할 수 없다고 하더군요."

"황제 폐하조차 함부로 할 수 없다니……"

레오콜트가 심각한 표정으로 되물었다.

"저들이 섬기는 암흑신 테스라낙을 뜻하는 것 아니오?"

카르나크는 고개를 저었다.

"누구 밑에서 일하냐고 물었더니 절대 입을 열지 않겠다면서 저런 식으로 말한 겁니다. 생각해 보면 보통 이야기가 아니기에 따로 말씀드리는 것입니다만."

이는 제국의 고위층이 검은 신의 교단과 연루되어 있다는 의미다.

그것도 제국 황제조차 함부로 할 수 없을 정도의 고위층이.

"제국에 그 정도로 높은 지위를 지닌 이가 몇이나 있습니까?"

"많지는 않지요."

레오콜트의 머릿속에 몇몇 제국 최고위 인사들의 이름이 스쳐 지나갔다.

누구 하나 감히 사교도로 몰아붙이기 힘든 이들뿐이었다.

그 모습을 지켜보며 카르나크는 내심 웃었다.

'그중에 분명 엘레자르의 이름도 있겠지?'

사실 휴델은 저런 발언을 한 적이 없다. 순전히 카르나크가 지어낸 말이었다.

하지만 알 게 뭔가? 누가 사교도의 말을 믿는다고?

게다가 아주 없는 말을 지어낸 것도 아니다. 실제로 엘레자르는 사교단의 수뇌부 중 1명이다.

아무리 휴델이 극구 부인해도 털다 보면 먼지가 나오지 않을 수 없는 것이다.

"노파심일지 모르겠지만, 정말 그자의 말이 사실이고 그 정도의 고위층이 연루되어 있다면……."

의미심장한 얼굴로 카르나크가 말을 덧붙였다.

"붙잡은 사교도들의 신변을 특히 신경 쓰셔야 할 겁니다.

파사의 여단에 영향력을 끼칠 정도의 권력자일 수도 있으니까요."

사령술사들이 '자살시키기'에 일가견이 있다는 사실은 제국 내에서도 이미 상식이었다.

구구절절 옳은 말이기에 레오콜트는 순수하게 감사를 표했다.

"고맙소. 유념해 두리다."

그가 자리를 비우자 카르나크가 바로스를 돌아보며 웃었다.

"이 정도쯤 해 뒀으니 알아서 잘 찾겠지?"

"못 찾으면요?"

"그럼 또 기회가 오겠지. 지천에 널린 게 사교도인데 뭐가 걱정이야?"

※

그렌탈 백작령에서 일어난 사교도의 난.

이 사태의 주역은 누가 뭐래도 카르나크 일행이었다.

물론 사이샤의 성직자들과 신전 병사들의 노고를 폄하할수는 없다. 하지만 카르나크 일행이 없었다면 결코 좋은 결과가 나오진 않았을 것이다.

그럼에도 카르나크는 평소와 마찬가지로 모든 전공을 사

이샤 신전으로 돌렸다.

"비록 사교도라곤 하나 휴델 백작은 제국 귀족입니다. 타국인인 저희가 처리했다고 하는 건 아무래도 모양새가 좋지 않지요."

알리우스도 반대하지 않았다.

"어차피 저희 목적은 유스틸 왕국 내 사교도들의 세력 정보였습니다. 원하는 걸 얻었으니 사이샤의 교우들을 도울 수 있었던 것만으로 만족합니다."

참으로 겸허한 그 모습에 파사의 여단은 찬사를 보냈다.

"이거 참 훌륭하시군요."

"공을 세우고도 이를 탐하지 않으시다니."

하지만 이들도 속으로는 납득하고 있었다.

'하긴, 그럴 법하지.'

'나 같아도 저들처럼 했을 거야.'

이곳은 라케아니아 제국이고 카르나크 일행은 유스틸 왕국인이다.

남의 나라 와서 전공을 세워 봐야 딱히 득 될 것이 없는 처지인 것이다.

차라리 같은 7왕국 연합 내였다면 또 모르겠다만, 제국은 이야기가 다르다.

라케아니아 제국과 유스틸 왕국은 오랜 적대 관계였다. 유스틸 왕국의 초대 국왕이 원래는 제국의 변경백, 즉 반역자였으니까.

이 오랜 불화가 최근 들어 사라진 이유는 우습게도 종말의 어둠 덕분이었다.

종말의 어둠으로 인해 세상이 어지러워지고 사교도가 창궐해 들불처럼 세력을 확장해 나가고 있다.

제국과 7왕국 연합도 더 이상 서로 이를 갈 상황이 아니게 되었다.

발등에 불이 떨어졌으니, 일단 휴전하고 각자 집안 단속부터 하기로 암묵적인 합의를 보았다.

그렇다 해도 유스틸 왕국인이 제국 내에서 공 세웠다고 높이 평가받을 입장은 아직 아닌 것이다.

공을 인정받아 봐야 지위나 명예를 얻을 수는 없으며 기껏해야 보상금이나 좀 받고 끝.

이럴 바엔 사이샤 신전에 공을 돌린 뒤 빚을 지워 두는 것이 훨씬 남는 장사였다.

그래서 평소처럼 처리했다.

사이샤 신전이 주도해 사교도의 난을 제압했고 마침 손님으로 온 카르나크 일행이 이를 도운 것으로 보고서가 작성되었다.

그 와중에 바로스와 세라티의 전공도 대폭 축소되었다.

하지만 평소와 다른 부분도 있었다.

라피셀의 공적만큼은 숨기지 않았다.

"이 아이, 실력이 엄청나군요!"

조사하던 파사의 여단원들이 못 믿겠다는 듯 되물었다.

"정말 이 많은 사교도들을 해치웠습니까?"

"이 어린 나이에?"

사이샤의 신전 병사들은 격하게 고개를 끄덕였다.

저 작은 잿빛 머리 소녀가 얼마나 무시무시하게 날뛰었는지 밤새 두 눈으로 똑똑히 봤으니까.

"이건 그대로 올립니까?"

조사원의 질문에 카르나크가 부드러운 목소리로 대답했다.

"저희야 괜찮지만 이 아이의 노력까지 무시당하게 할 순 없지 않겠습니까?"

자신을 인정해 주는 그 모습에 라피셀이 감동해 중얼거렸다.

"전 그저 언니가 가르쳐 주신 대로 싸웠을 뿐인데……."

다른 이들도 새삼스러운 눈으로 카르나크를 바라보았다.

본인은 겸손하게 뒤로 물러나지만 수하의 공은 착실히 챙긴다. 훌륭한 귀족의 모습이 아닌가?

그래서 세라티는 물었다.

[뭔 수작이에요?]

바로스도 눈을 가늘게 떴다.

[도련님이 그렇게 대견한 인간일 리가 없는데요?]

카르나크가 입술을 삐죽였다.

[이젠 둘이 아주 죽이 착착 맞는구만.]

물론 저들의 판단이 틀린 건 아니었다.

[엘레자르의 정체를 도무지 알 수가 없어서 그래.]

회귀자여도 말이 안 되고, 회귀자가 아니어도 말이 안 된다.

[그래서 떡밥을 하나 더 풀어 보려고.]

⊰⊱

검은 신의 교단을 상대하며 카르나크가 내내 신경 쓰는 부분은 역시 '어느 정도 선까지 정보를 흘려야 하느냐'였다.

사실 본인의 안전만 생각하면 아예 가명으로 행동하는 것이 최선이다.

하지만 이 경우엔 검은 신의 교단에 접근할 가능성이 너무 줄어든다.

남들처럼 차근차근 단계를 밟다간 몇 년이 걸릴지 모르는데, 그렇게까지 시간을 허비하고 싶진 않았다.

물론 행운이 따라 7여신교 등 다른 이들이 직접 사교단을 찾을 가능성도 없진 않다.

하지만 저들을 못 믿으니 이러고 있는 것 아닌가?

남을 믿을 수 있었으면 애초에 제스트라드 영지에서 나오지도 않았다. 그냥 구리 광산이 벌어 주는 돈 가지고 등 따시고 배부르게 살고 말았지.

이런 이유로, 적절하게 이쪽 정보를 조절하며 세상에 흘렸다.

사교도들의 시선을 어느 정도 끌긴 해야 한다. 그래서 사령술을 지배하는 새로운 마법, 사법의 대속자를 사용하는 신인 마법사 카르나크를 마법학계에 드러냈다.

반면 바로스의 능력에 대해선 감췄다.

카르나크의 부관으로, 평범한 적색급 오러 유저로 이름만 언급되는 정도에 그치는 수준이었다.

일부러 세라티와 비슷한 위치로 보이게 만든 것이다.

이러면 검은 신의 교단이 보기엔 어떨까?

카르나크는 분명 신경이 쓰이겠지. 교단의 술법과 흡사한 신기한 마법을 사용하는 자이니까.

반면 바로스와 세라티는 딱히 눈에 띄는 부분이 없다.

그럼에도 저들이 바로스까지 주목한다면?

상대가 미래의 인물일 가능성이 높다는 증거가 되는 것이다.

[이게 여태까지의 계획이었는데, 엘레자르가 라피셀만 알고 우린 모를 수도 있다잖아.]

대체 라피셀을 '어떤 식으로 알고 있는 건지' 확인해야 한다.

물론 대화상으로만 보면 미래의 무왕으로 알고 있는 것 같긴 한데, 이 경우엔 카르나크와 바로스를 모르는 게 말이 안 되니까.

[그래서 라피셀의 존재감을 드러낸 다음 반응을 볼 생각이야.]

사정을 들은 세라티가 고개를 끄덕였다.

[결국 라피셀도 미끼로 던지시겠다는 거네요?]

[그렇지, 뭐]

그녀는 라피셀을 안쓰러운 듯 바라보았다.

[……이미 저질러 버렸으니 말리기엔 늦었네요.]

카르나크와 바로스가 혀를 찼다.

[그러니까 쟤는 네가 걱정할 이유가 없다니까 그러네.]

[영혼은 무왕이라니까요. 제정신 아닐 때도 얼마나 강했는지 기억 안 나요?]

한심해하며 세라티가 두 사내를 노려보았다.

[미래의 무왕이고 뭐고 지금은 어린애잖아요. 어른이 아이를 걱정하는데 무슨 이유가 필요해요?]

두 사람이 멍하니 눈을 껌벅거렸다.

[그런 거야?]

여전히 그녀의 말이 이해는 가지 않았다.

그런데, 저걸 이해 못 해서 여태 사람답게 살지 못했다는 느낌은 또 든다.

[뭔가 어렵구만.]

모든 일을 마무리한 뒤 카르나크 일행은 그렌탈 영지를 떠나 유스틸 왕국으로 돌아왔다.

돌아온 후에도 이래저래 일이 많았다.

일단 킹스 오더에 좋은 선물부터 안겨 주었다.

"여기, 유스틸 왕국에서 암약하고 있는 검은 신의 교단 명단입니다."

정확히는, 사교도일 가능성이 있는 자들의 명단이라며 에란텔 단장에게 건넸다.

"휴델 백작이 거짓을 말하지 않았으리라는 보장은 없으니까요."

실은 거짓 따위 말하지 않았다. 적어도 휴델 기준에서는 확실한 명단이다.

하지만 사실대로 알리면 어떻게 확신할 수 있냐고 되물을 텐데, 또 거짓말을 만들긴 귀찮다.

그래서 대충 이런 식으로 둘러댔다.

심문했더니 이렇게 불더라.

진짠지 가짠지는 나도 확신할 수 없다.

하지만 심문 많이 해 본 입장에서 사실로 느껴지더라.

그러니 진위는 단장이 파악하시라~.

이후는 에란텔 단장과 킹스 오더가 고생할 부분이었다.

물론 카르나크의 7대대도 여기저기 돌아다니며 첩보를 해야 할 것이다.

"하지만 전 한동안 수도에 머물러야 합니다. 괜찮겠습니까?"

"원한다면 임무에서 잠시 빼 주는 것쯤은 별일 아닐세."

휴델로부터 알아낸 사교도 명단만 해도 다른 킹스 오더 전원이 거둔 성과보다 클 정도였다.

이 정도 혜택을 준다고 뭐라 할 사람은 없었다.

"그런데 수도에는 왜? 따로 할 일이 있나?"

카르나크가 집무실 창밖을 힐끔 보았다.

"저를 찾는 분이 계셔서 말입니다. 한동안 그분이랑 어울려 드려야 하거든요."

드룬타 거리 저편에 은청색으로 반짝이는 높은 탑이 보였다.

유스틸 왕국의 궁정 마법사이자 9서클의 종사자, 델트로스의 마탑이었다.

투자의 마신

수도 드룬타 북부에 위치한 청은의 마탑 최상층.

회색빛 수염을 가슴까지 기른 한 노인이 카르나크에게 질문을 던지고 있었다. 이곳의 주인인 유스틸 궁정 마법사 델트로스였다.

"정말 자네가 그런 마법을 익히고 있단 말인가?"

달라스 학파의 비전 마법, 사법의 대속자.

이는 종말의 어둠이 창궐한 현시대에 특히나 유용한 마법이다.

많은 마법사들이 이 마법을 터득할수록 그만큼 사령술사와의 전투도 수월해지는 것이다.

소식을 접하자마자 최우선적으로 카르나크를 찾을 수밖에

없었다.

"거참, 달라스 학파라는 게 있는 줄도 몰랐거늘……."

딱히 출처에 대한 의심을 하진 않았다.

150년 전 달라스라는 궁정 마법사가 있었던 것은 엄연히 사실이었으니까.

그가 남몰래 마법서를 남겼고, 이를 우연히 카르나크가 손에 넣어 전수자가 되었다는 것도 마법학계에선 있을 법한 일이다.

그저 궁금한 건 이것뿐이었다.

"당시는 사령술사도 거의 없던 시절인데 대체 왜 이런 마법을 연구했던 건가?"

"저도 모르지요. 그저 남아 있으니 익혔을 뿐입니다."

시치미 뚝 떼고 카르나크는 델트로스에게 사법의 대속자 술식을 전했다.

"이것이 선인께서 남기신 마법입니다."

양피지를 살펴본 델트로스의 표정이 살짝 굳었다.

"이거 꽤나 귀찮은 방식의 마법이군."

9서클의 종사자답게 그는 곧바로 술식의 장단점을 파악할 수 있었다.

이 마법을 제대로 구사하려면 사기 감지 능력이 매우 뛰어나 상대 술식의 허점을 본능적으로 파고들 수 있어야 했다.

아니면 사령술의 지식 자체가 월등히 높아 상대를 누를 수 있거나.

물론 마법사가 사령술을 동시에 터득할 순 없으니, 무조건 시전자의 감각이 마법의 위력을 좌지우지한다는 의미였다.

"타고난 재능에 크게 좌우되는 수법이 아닌가?"

"그래서 저도 최근 들어서야 겨우 실전에 써먹을 수 있었습니다."

재능의 유무를 감안하더라도 사법의 대속자는 여러모로 유용한 마법이었다. 특히나 사령술사 상대로는.

델트로스가 다시 한번 물었다.

"정말 이걸 내게 넘겨도 되겠는가?"

"제가 이 마법을 독식하고 있어 봐야 무슨 이득이 있겠습니까? 괜히 사교도들 표적이나 되고 말겠죠."

"그건 그렇군."

애초에 카르나크 입장에서는 선택할 방법이 그리 많지 않다.

어차피 세상에 알려야 의미가 있는 마법이다. 그러니 적당히 이득이나 챙기는 것이 최선인데, 그가 이걸 직접 돈으로 바꿀 방법은 또 없다.

어쩔 건데? 직접 마탑 세워서 찾아오는 마법사들에게 돈받고 가르치게? 고작 6서클짜리 마법사 주제에?

힘 있는 마법사에게 넘겨 버리고 수수료를 챙기는 것이 가장 이득을 보는 방법인 것이다.

"좋아, 솔직히 묻지. 얼마를 원하나?"

카르나크의 입가에 진한 미소가 떠올랐다.

✳

바로스와 세라티는 마탑 1층에서 기다리고 있었다. 라피셀은 집 보고 있고 이들만 따라온 것이다.

카르나크가 내려오자 세라티가 물었다.

"어떻게 됐어요?"

나가서 얘기하자며 일단 마탑 밖으로 나왔다.

거리를 걸으며 카르나크는 슬그머니 품에 손을 넣었다.

"제법 두둑하게 챙겼다."

그가 다시 꺼낸 것은 유스틸 왕국의 인장이 찍힌 마법 수표였다.

은행에 가면 바로 현금으로 바꿔 주는 신뢰도 높은 증표다.

"얼마예요?"

수표에 적힌 숫자를 확인한 바로스의 눈이 휘둥그레 커졌다.

"테라켈 금화 천 닢?"

카르나크의 표정이 환하기에 꽤나 챙겼을 줄은 알았지만 이 정도 금액일 줄은 몰랐다.

"아니, 뭔 마법 술식 하나에 이 거금을 준대요?"

세간에서 주로 쓰이는 화폐는 대부분 켈린 동화다.

잘사는 카르나크 일행이야 라켈 은화까지는 들고 다니지만 금화는 진짜 만일을 대비해 스무 닢 정도 챙겨 두는 것이 전부.

테라켈 금화 천 닢이면, 구리 광산으로 부자가 된 제스트라드 영지 기준으로도 반년 치 예산에 맞먹는 액수였다.

아무리 델트로스가 궁정 마법사라도 쉽게 건넬 수 있는 금액은 아닌 것이다.

"이 동네 마법사들은 죄다 호구인가?"

의아해하는 바로스를 향해 카르나크가 의미심장한 미소를 보였다.

"물론 미끼를 좀 더 달아 놓았지."

달라스 학파에는 사법의 대속자 외에도 사령술만을 전문으로 상대하는 마법이 더 있다. 아직 거기까진 못 익혀서 지금은 공개하지 못하지만, 일단 익히고 나면 우선적으로 델트로스를 찾겠다. 그러니 수수료를 두둑하게 달라!

"……이런 식으로 이야기했거든."

사법의 대속자는 일개 킹스 오더의 대대장에겐 그렇게까지 큰 가치를 지닌 마법이 아니다.

하지만 일국의 궁정 마법사가 손에 쥐면 이야기가 달라진다.

각국, 특히 제국을 상대할 때 여러모로 강력한 정치적인 무기가 되는 것이다.

"특히 저 시건방진 제국 황실 마법사, 엘레자르를 상대로 큰 우위를 점할 수 있다고 꼬드겼지."

이는 델트로스 입장에서 매우 매력적인 조건일 터였다.

9서클의 마법사인 그에게 10서클의 추구자는 질시의 대상일 수밖에 없을 테니까.

세라티가 고개를 갸웃거렸다.

"잠깐만요, 엘레자르는 그 수법 어차피 알지 않나요?"

카르나크가 히죽 웃었다.

"델트로스는 그 사실을 모르잖아?"

게다가 엘레자르도 안다고 티를 낼 입장이 아니다.

"어쨌거나 델트로스는 만족스럽게 잘난 척을 할 수 있겠지."

이야기를 듣던 바로스가 문득 물었다.

"그런데, 더 줄 마법이 있기는 해요?"

"몇 개 더 공개용으로 개발하고 있는 혼돈마법이 있거든."

"바가지 씌운 건 아니다 이거군요."

덕분에 공돈이 생겼다. 그것도 매우 많이.

바로스가 입맛을 다셨다.

"그 돈으로 이제 뭐 하실 겁니까? 점심을 비싼 걸로 먹을까요?"

세라티가 쓴웃음을 지었다.

"비싼 밥은 어차피 지금도 얼마든지 드시고 계시잖아요."

킹스 오더의 봉급은 결코 적지 않다.

카르나크는 대대장이고, 바로스와 세라티도 부관급의 대우를 받고 있으니까.

여기에 제스트라드 영지에서 나오는 영주 전용 품위유지비 또한 풍족하다.

항상 최고급 여관에서 최고급 음식만 찾는 놈들이니 검소하다고는 절대 못 하겠지만, 워낙 기본적으로 버는 액수가 많은 것이다.

굳이 이 금화까지 건드려야 할 만큼 돈이 부족할 일은 없다.

"하지만 앞으로는 돈이 많이 필요한 일이 생길지도 모르잖아? 그래서 일부러 크게 불렀다."

이 돈은 투자로 돌릴 셈이었다.

"쓸 만한 상회에 투자하고 동업자로 한 발 걸쳐 놓으면 앞으로 일이 편해지지 않겠어?"

"상회와 동업을요?"

세라티가 어이없어하며 되물었다.

"금화 천 닢이 큰돈이긴 하지만, 그렇다고 상회에 영향력을 줄 정도는 아닐 텐데요."

테라켈 금화가 솔직히 좀 작기는 했다. 거의 손톱만 한 사이즈였다.

사람들이 금화 하면 떠올리는 제국 금화 한 닢이 테라켈 금화 일곱 닢과 가치가 비슷할 정도다.

카르나크가 손가락을 흔들었다.

"그러니까, 지금은 규모가 작지만 앞으로의 성장 가능성이 높은 작자를 노리는 거지."

"아니, 앞으로 클지 안 클지를 어떻게 알고……."

말하다 말고 그녀는 입을 다물었다.

'맞다, 이 인간들은 미래에서 왔지? 알 수 있겠구나.'

실제로 카르나크의 원래 계획은 이쪽이었다.

미래의 정보를 이용해 재산을 불리는 것.

회귀해 보니 갑자기 구리 광산이 떡하니 생겨서 돈 걱정 없어진 덕분에 여태까진 무시해 버렸지만 말이다.

"지금 시기라면 오웰트가 갓 상회 열고 한창 허덕이고 있을 때일 거야."

바로스도 고개를 끄덕였다.

"과연, 오웰트가 있군요."

"누구예요, 그게?"

세라티의 질문에 카르나크가 빙그레 웃었다.

"알타스 상회의 회주. 아직은 소상인에 불과하지만 10여 년 뒤엔 7왕국 연합에서 세 손가락 안에 드는 거상이 될 인물이지."

오웬트 알타스는 원래 유스틸 왕국과 타룸 왕국 사이를 오가던 소상인이었다.

하나 워낙 장사 수완이 좋아 서른다섯이라는 비교적 젊은 나이에 본인의 상회를 연 것이다.

초반에야 여느 상단이 다 그렇듯 꽤나 고생을 했지만, 빠르게 자리를 잡고 7왕국 전역으로 교역로를 넓히게 된다.

지금으로부터 5년만 지나도 테카스 상회와 함께 유스틸 왕국 1, 2위를 다투는 대상회의 주인이 되며 10년 후에는 펠마이어 왕국의 쉬류드, 에트리얼 왕국의 리걸과 함께 3대 거상 중 하나로 성장하는 상재의 소유자.

"사실 먼저 노린 건 테카스 상회 쪽이야. 오웬트는 너무 거물이라 좀 부담스러웠거든."

그런데 막상 회귀해 보니 테카스 상회는 이미 유스틸 왕국의 최대 상단이 되어 있었다.

멀리 갈 것도 없다. 당장 제스트라드 영지의 구리 광산을 대행 채굴하고 있는 곳이 테카스 상단이다.

"원래는 아직 대상회가 되지 않았을 시기인데, 대체 4년 전에 무슨 일이 있었는지 모르겠단 말이야."

하여튼, 테카스 상회와 달리 알타스 상회는 아직 작은 상단 규모에서 벗어나지 못하고 있었다.

카르나크도 이미 대략적인 조사는 해 놓은 후였다.

"아직 초기 상태니까, 지금 투자하면 적은 돈으로 많은 이윤을 남길 수 있겠지."

동업자로 한 발 걸쳐 놓기만 해도 돈 걱정이 꽤나 줄어든다.

게다가 상회의 특성상 왕국 각지에 연고지가 있을 테니 여행을 다닐 때 다양한 편의를 제공받을 수도 있다.

"워낙 증명된 인재라 한동안은 문제없이 쑥쑥 클 거야."

"그렇죠. 10년쯤 뒤에 남부 리파올 왕국에 대기근이 닥치는 바람에 망하기 직전까지 가겠지만, 이번엔 그런 일도 없을 테니까요."

카르나크와 바로스의 말에 세라티는 흠칫 놀랐다.

"어머, 10년 뒤에 대기근이 와요?"

10년 뒤에 망한다면 지금 투자하면 안 되는 것이 아닌가 싶었다.

하지만 생각해 보니 별문제는 없는 듯하다.

"하긴, 미리 알고 있으면 충분히 대비할 수 있겠군요."

카르나크가 고개를 저었다.

"대비를 한다는 소리가 아니라, 기근이 안 올 거라고."

"네?"

이해를 못 한 세라티를 보며 바로스가 빙그레 웃었다.

"그때 그 기근, 도련님이 저지른 일이거든요."

머쓱한 듯 카르나크가 뒷머리를 긁었다.

"엄밀히 말하면 기근을 일으키려고 한 건 아니고……."

원래는 좀 더 편하게 수하들을 늘리려고 한 짓이었다.

"곡물에 역병을 풀었어, 사람들 몰래."

질병에 걸린 사람들이 이성을 잃고 자신의 꼭두각시가 되도록 사령술을 펼친 것이다.

이렇게 하면 수만 명 단위의 부하를 쉽게 손에 넣을 수 있다.

그땐 참 좋은 아이디어라고 생각했는데 막상 실행해 보니 문제가 생겼다.

"사람보다 밀이랑 보리가 먼저 죽더라?"

역병 걸린 곡물을 사람들이 먹어야 일이 진행되는데, 추수도 하기 전에 죄다 말라비틀어져 버린 것이다.

당연히 원하던 부하 역시 하나도 못 건졌다.

쓸데없이 대규모로 기근만 불러온 꼴이었다.

"나중엔 우리도 먹을 게 없어지더라고."

"그래서 그냥 제국으로 도망갔죠."

"7왕국 연합은 대기근으로 지옥도가 되었고 말이지."

"그래도 나중엔 꽤 편해지지 않았어요?"

"그건 그래. 사방에 시체가 떼로 묻혀 있어서 언데드 군단 재료 조달하기는 좋았어."

당시의 추억을 떠올리며 카르나크와 바로스가 고개를 끄

덕거린다.

그 모습을 보고 있자니 그저 헛웃음만 나오는 세라티였다.

"와, 열여덟 색깔."

"응?"

"아뇨, 세상 참 다채롭다고요."

대화를 나누며 한참을 걷다 보니 어느덧 상인 거리에 들어섰다.

"그런데, 지금 받은 돈만 쓰실 겁니까?"

걸음을 옮기던 바로스가 문득 질문을 던졌다.

"이왕이면 왕창 쓰시는 게 낫지 않아요? 어차피 성공할 걸 뻔히 알고 있는데."

제스트라드 영지의 예비금이 꽤 있으니 그 금액까지 투입해 대박을 노리자는 말이었다.

카르나크가 고개를 저었다.

"그건 너무 위험해. 이게 무조건 성공한다는 보장은 또 없거든."

이미 세상은 충분히 많이 바뀌었다.

당장 테카스 상단만 해도 원래는 이 시기에 저렇게나 커질 운명이 아니었다.

"마찬가지로 알타스 상회 역시 예상보다 일찍 망할 수 있단 소리지."

전생 때는 검은 신의 교단이란 것 자체가 없었다.

알타스 상회가 예정에 없는 환란을 겪게 될 가능성도 꽤나 크다.

그러니 투자를 하려면 미래를 엿보는 게 아니라 사람 자체를 보고 판단해야 한다.

인간은 쉽게 바뀌지 않으니까.

"오웬트라는 인간의 상재는 분명 믿을 만하지. 수많은 고난을 극복하고 거상이 된 인물이잖아."

물론 아무리 재능이 있다 해도 운이 따르지 않는 경우는 허다하다.

오웬트도 그런 케이스가 되지 말란 법은 어디에도 없다.

하지만 세상에 리스크 없는 투자가 어디 있나?

상대의 능력을 미리 파악할 수 있다는 점만으로도 충분히 남들보다는 유리하다.

"어차피 이건 공돈이니 망해서 날려도 별 타격은 없지. 조금 아깝긴 하겠지만."

새삼스러운 듯 세라티가 카르나크를 돌아보았다.

"의외로 신중하시네요?"

"살다 보니 일이 여러모로 자주 꼬이더라고."

카르나크라고 욕심이 없는 것은 아니다.

그 역시 바로스와 비슷한 생각은 이미 해 봤다.

"정해진 미래대로 모든 일이 척척 흘러가면 투자의 신이 될 수 있겠지. 하지만 세상일이 그렇게 잘 돌아갈 리 없잖아?"

주위를 살피며 카르나크가 중얼거렸다.

"그나저나 상회 건물이 어디지? 대충 이 근처라 들었는데."

바로스가 거리 저편의 2층 건물을 가리켰다.

"찾았습니다."

상회 건물은 제법 컸지만 전체적으로 허름했다.

건물 자체가 오래되어 낡은 느낌이 강하다.

오직 『알타스 상회』라는 간판만 새것이다.

"아직 상회 세운 지 얼마 안 되었나 보네."

카르나크 일행은 건물 안으로 들어섰다.

몇몇 하인들이 열심히 상행에 쓸 짐들을 포장하고 있었다.

30대 중반쯤으로 보이는 흑갈색 머리의 여인이 장부를 작성하며 하인들에게 이런저런 지시를 내리는 중이었다.

바로스가 조심스레 사람을 불렀다.

"실례합니다."

근처의 하인 1명이 고개를 돌리며 퉁명스레 물었다.

"무슨 일로 오셨수?"

지금 카르나크 일행은 기사와 마법사의 복장이 아니라 평범한 일상복 차림이었다.

심지어 바로스와 세라티는 검조차 차지 않았다.

수도에서는 30센티미터가 넘는 날붙이를 차는 것이 국법으로 금지되어 있는 탓이었다.

겉보기엔 일반 시민으로밖에 안 보이니 태도가 불량할 수밖에.

바로스가 정색을 하며 말투를 바꿨다.

"이분은 제스트라드 가문의 카르나크 남작님이시오. 알타스 상회주를 뵈러 오셨소."

'귀, 귀족?'

흠칫 놀란 하인이 고개를 숙였다.

"잠시만 기다려 주십시오."

그리고 바로 장부 작성 중인 여인을 불렀다.

그녀가 일행에게 다가와 물었다.

"알타스 상회에 오신 걸 환영합니다. 무슨 일인지 여쭤도 될까요?"

명색이 투자 목적인데 아무에게나 떠들 순 없다.

카르나크가 조심스레 대꾸했다.

"중요한 일이라 상회주와 단둘이 이야기하고 싶습니다만."

"알겠습니다."

여인이 일행을 2층의 상회주 전용 집무실로 안내했다.

여전히 오웬트는 보이지 않았다. 대신 그녀가 재차 입을 열었다.

"이제 말씀하시지요."

"아니, 회주에게만 이야기하겠다고……."

난처해하는 카르나크를 보며 여인이 빙그레 웃었다.

"아, 모르고 오셨군요?"

"무엇을 말입니까?"

그녀가 정중히 고개를 숙였다.

"처음 뵙겠습니다, 카르나크 공. 알타스 상회의 회주, 에디아입니다."

순간 카르나크는 당황했다.

"회주는 오웬트 씨가 아니었습니까?"

혹시 상회에서 쫓겨나기라도 한 걸까?

아니, 그것도 좀 이상하다.

'알타스 상회란 이름은 그대로인데?'

애초에 저 이름 자체가 오웬트의 성을 따서 지은 것이다. 상회주가 바뀌었으면 이름도 바뀌었겠지.

그때였다.

에디아의 인상이 노골적으로 팍 구겨졌다.

"설마 그 빌어먹을 인간이 자기가 상회주라고 떠들고 다니나요?"

"……예?"

"그게 아니면 어떻게 오웬트를 알고 계신 거죠?"

카르나크와 바로스는 멍한 표정으로 서로를 바라보았다.

무슨 상황인지 통 짐작이 가질 않았다.

세라티가 조심스레 에디아에게 물었다.

"저기, 사정을 좀 여쭤도 될까요?"

자세한 이야기를 듣고 나서야 상황이 이해가 갔다.

그녀의 풀 네임은 에디아 알타스.

오웬트 알타스의 아내였다.

"부부라고는 해도 얼굴 못 본 지 1년이 넘었지만요."

오웬트가 소상인으로 돌아다닐 때만 해도 이들은 평범한 부부였다. 비록 아이는 없었지만 나름대로 잘 살고 있었다.

바뀐 것은 알타스 상회를 세운 후.

"그 정신 나간 작자가 갑자기 테스라 어쩌구라는 사이비에 빠져 버렸지 뭐예요?"

이제 곧 세상이 바뀔 것이니 속세의 인연 따윈 무용지물이라며, 아내도 상회도 버리고 검은 신의 교단에 투신했다고 한다.

"그 이후부턴 제가 알타스 상회를 맡아 운용하고 있습니다."

에디아의 설명에 세라티가 어이없어하며 뒤를 돌아보았다.

[저기요, 다른 의미로 인간이 바뀌어 버렸는데요?]

카르나크가 실소를 흘렸다.

[정말이지, 일이란 건 정말 여러모로 꼬이는 법이구만.]

잠시 침묵이 흘렀다.

에디아가 조심스레 물었다.

"아직 저희 상회를 방문하신 목적을 못 들었습니다만?"

"실은 투자 관련으로 이야기를 좀 할 생각이었습니다. 하지만……."

카르나크는 말문을 흐렸다.

그가 원한 건 어디까지나 오웬트였다. 그가 없으면 굳이 알타스 상회에 투자할 이유도 없었다.

그런데 투자라는 단어를 듣는 순간 에디아의 표정이 확 변했다.

"이쪽으로 앉으시지요."

카르나크가 채 거절하기도 전에 소파로 안내하고 차도 한 잔 내놓더니, 온갖 장부 및 서류를 들고 와 펼쳐 놓는다.

"저희 상회는 에트리얼 왕국과 타룸 왕국 사이의 소금 교역권 일부를 가지고 있습니다. 또한 바라칸트 산맥의 가죽과 타룸의 양모도 함께 거래하고 있지요."

철저히 상인의 얼굴이 되어 그녀는 투자자를 위한 브리핑을 이어 갔다.

그 모습을 보며 카르나크는 난처해했다.

당신 말고 오웬트에게 투자하려고 온 것이란 소리는 함부로 할 수 없다.

보아하니 이 시대의 오웬트는 상회 일 따위 아예 하지도 않은 것 같은데, 대체 왜 그를 높이 평가하느냐고 되물으면 할 말이 없는 것이다.

'이걸 뭐라고 해야 하지?'

한편, 에디아는 내심 쾌재를 올리고 있었다.

좋은 상인이라면 사교계 명사들의 정보 입수는 필수인 법이다. 카르나크의 이름을 듣자마자 바로 알아차렸다.

'역시 소문의 그가 맞아.'

최근 수도 드룬타에 혜성처럼 나타난 신흥 귀족이 1명 있다.

구리 광산을 지닌 북부의 부호 제스트라드 남작가의 주인이며, 킹스 오더에서도 높은 지위를 지니고 있고, 로이드 왕자의 총애를 받는 측근이기도 한 이였다.

게다가 휘하에 오러 유저도 2명이나 거느렸으며 본인도 무려 6서클의 상급 마법사!

이제 막 시작하는 알타스 상회 입장에서는 무시할 수 없는 거물인 것이다.

'이 좋은 기회를 놓칠 순 없지!'

돈도 많고 능력도 뛰어나며 뒷배도 든든한 투자자는 여러 모로 귀중한 존재다.

대체 어떤 경로로 알타스 상회에 대해 알게 되었는지는 모르겠지만 일단은 이쪽 패를 보이는 것이 급선무였다.

"좀 더 설명을 드려도 될까요?"

에디아의 말에 카르나크는 대충 고개를 끄덕였다.

"아, 예."

딱히 궁금해서가 아니라, 일단 떠들게 놔둔 다음 의심 안 받게 자리를 파할 핑계를 떠올릴 참이었다.

그런데, 이야기를 듣다 보니 어째 좀 이상했다.

'음?'

알타스 상회가 어떤 잠재력을 지니고 있고 어떤 비전을 가졌는지 열심히 어필하고 있는데, 대체로 카르나크가 지닌 정보와 일치한다.

'이거 알타스 상회가 미래에 행할 일들인데?'

원래대로라면 오웬트가 세웠어야 할 계획들을 그의 아내, 에디아가 떠들고 있는 것이다.

너무 궁금해 잠깐 말을 끊고 물어보았다.

"이 계획들은 부인께서 세우신 겁니까? 남편분이 아니라?"

에디아가 고소를 머금었다.

"그 인간은 이런 머리 따위 없어요. 그냥 짐 들고 돌아다니면서 술 마시는 것밖에 모르던 사람이었는걸요."

거짓말은 아닌 듯했다.

혹시 오웬트가 세워 놓은 계획을 떠들고만 있는 게 아닌가 의심도 했는데, 그런 경우라면 이렇게까지 자연스럽게 설명할 순 없었다.

'그렇다는 이야기는……'

비록 세라티에게 구박을 받긴 했지만 그렇다 해도 카르나크가 틀린 말을 하지는 않았다.

인간은 쉽게 바뀌지 않는다.

아무리 종말의 어둠이란 변수가 세상을 바꿨다 해도 오웬트라는 인간, 에디아라는 인간 자체가 크게 바뀌진 않았을 것이란 소리다.

'처음부터 알타스 상회의 진짜 주인은 이쪽이었나?'

이러면 모든 것이 앞뒤가 맞는다.

전생 땐 검은 신의 교단이 존재하지 않았으니 오웬트가 사교에 빠져 집을 떠날 일도 없었겠지.

그리고 7왕국 연합은 라케아니아 제국에 비해 여성에 대한 인식이 많이 낮은 편이다.

대외적으로는 여성보다 남성이 나서는 것이 아무래도 신용을 높이기 좋을 테니, 실제 회주는 에디아였다 해도 오웬트가 전면에 나섰을 터.

전생 때 알타스 상회를 3대 거상의 자리까지 끌어올린 진짜 인재는 눈앞의 여인, 에디아였던 것이다.

'가만, 이러면 어떻게 되는 거지?'

어차피 카르나크가 원한 건 오웬트라는 인간 자체가 아니다. 그가 지닌 상재였지.

그런데 그 상재가 사실 에디아의 것이었다면…….

'투자 못 할 이유도 없지 않나?'

결국 카르나크는 알타스 상회의 투자자가 되었다.

델트로스에게서 받은 수표 역시 고스란히 에디아의 품으로 넘어갔다.

상회를 나와 집으로 돌아가며 카르나크가 구시렁댔다.

"하, 이거 잘한 짓인 건지 영 모르겠네."

어째 불안해하는 것 같기에 세라티가 물었다.

"전생 때도 알타스 상회의 진짜 회주는 에디아 씨였다면서요?"

"어디까지나 추측이지만."

"그렇다면 이번에도 잘되지 않을까요? 아니면 뭔가 불안한 이유라도 있어요?"

카르나크가 머리를 긁적였다.

"딱히 그런 이유가 있는 건 아니야. 그냥 감이 좋질 않아서⋯⋯."

바로스가 안색을 굳혔다.

오랜 심복인 그는 알고 있는 것이다.

감만으로 때려 맞힐 때의 카르나크는 의외로 적중률이 높다는 것을.

"설마 돈 날릴 것 같습니까요?"

그건 아닌 모양이었다.

"돈 날릴 것 같은 느낌은 안 들어. 응, 그런 느낌은 아니야."

그런데 망할 것 같은 기분은 또 든다.

"그게 뭔 소리예요?"

"앞뒤가 전혀 안 맞잖아요."

어이없어하는 둘을 보며 카르나크가 어깨를 으쓱였다.

"그렇지?"

스스로 생각해 봐도 어이가 없었다.

"왜 이런 기분이 드는 건지 모르겠네."

한동안 카르나크 일행은 드룬타의 자택에 머무르게 되었다.

군이 킹스 오더의 임무도 미뤄 가며 대기하겠다는 말에 세라티가 의아해했다.

"혹시 엘레자르가 부하를 보내길 기다리시는 건가요?"

"그런 건 아니고."

설령 그녀가 부하를 푼다 해도 카르나크 일행을 찾으려면 한참은 걸릴 터였다.

일단 휴델이 붙잡혔다는 소식이 엘레자르의 귀에까지 들어가야 하는데, 이게 며칠 걸린다.

소식을 접한 후에 대응책을 세우는 데 또 며칠, 일 맡길 사람 뽑아 임무를 맡긴다 해도 역시 시간을 잡아먹게 된다.

"그러고는 바라칸트 산맥을 넘어 제국에서 유스틸 왕국까지 와야 할 것 아냐? 적어도 한 달은 걸릴걸."

적이 오기만을 마냥 기다리면서 시간 낭비할 순 없다.

이쪽도 자기 할 일은 하고 살아야 한다.

그가 수도에 머무르는 이유는 따로 있었다.

"금화 받아먹은 값을 해야지."

사전에 계약한 대로 델트로스며 다른 마법사들에게 '사법의 대속자'를 전수해야 한다.

마법은 술식 써 놓은 종잇장만 슥 보고 익힐 만큼 간단하지 않은 것이다.

물론 9서클의 마법사쯤 되면 어지간한 건 슥 보고 익히는 게 맞긴 한데, 사법의 대속자 같은 경우는 조금 이야기가 달랐다.

워낙 감각적인 부분이 크게 차지하는 마법이었다.

기본적인 감각을 잡을 때까진 옆에서 꾸준히 카르나크가

교정해 줄 필요가 있었다.

덕분에 꽤나 웃기는 상황이 연출되었다.

이제 갓 20살 남짓의 어린 6서클 마법사가 나이 든 8~9서 클의 고위 마법사들에게 가르침을 내리게 된 것이다.

그럼에도 전혀 기가 죽지 않는다.

"이 마법 자체는 여러분도 쉽게 쓰실 수 있죠? 하지만 이 걸 사령술에 적용시키는 건 전혀 다른 문제입니다."

당당한 그 모습에 오히려 노마법사들이 감탄할 지경이었 다.

'대단한 젊은이로군.'

'아무리 자신만만해도 우리 앞에서 저런 태도를 보이긴 쉽 지 않거늘.'

뭐, 카르나크 입장에선 자신보다 한참 어린 놈들이니 딱히 기죽을 이유가 없었을 뿐이지만.

"자, 자! 한눈팔지 말고 다시 마법을 시전하세요!"

　

매일같이 카르나크는 청은의 마탑을 찾았다.

세라티도 그가 출타할 때마다 함께 집을 나섰다.

그녀의 목적지는 킹스 오더 본부.

"오셨소, 세라티 경?"

"가르침을 부탁드립니다, 드보이스 경."

"무슨 말씀을? 오히려 내가 가르침을 받아야겠지."

비번 중인 킹스 오더의 다른 오러 유저들과 대련을 하기 위해서였다.

그동안 꽤나 많은 경험을 쌓은 세라티였다. 스스로도 뭔가 깨달은 점이 많았다.

슬슬 저 경험들을 체계적으로 정립해 한 단계 더 나아갈 시기.

어찌해야 할지 바로스에게 묻자 가르쳐 준 방법이 이거였다.

―강자와 싸우기만 한다고 마냥 강해지지 않습니다. 약자를 짓밟으며 오만해지는 경험도 필요해요.

하여튼 말을 해도 꼭 저렇게 해야 하나 싶긴 한데, 아주 틀린 소리는 아니다.

매번 바로스하고만 대련을 하다 보니 자꾸 몸 사리고 도망치는 습관이 붙은 건 사실이었다.

약자라 할 정도는 아니지만 적어도 동급의 오러 유저를 몰아붙이며 자신감을 익힐 필요가 있었다.

그래서 킹스 오더의 오러 유저들에게 대련을 신청했다.

서로 얻는 것이 적지 않으니 저들도 흔쾌히 검을 들었다.

그렇게 하루 종일 땀을 빼고 집에 돌아오면 열심히 장 봐온 물건들을 정리하고 있는 바로스가 그녀를 맞이한다.

"오늘도 시장 다녀오셨어요, 바로스 경?"

"중요한 하루 일과니까요."

바로스도 물론 꾸준히 수련은 하고 있다. 하지만 세라티보다는 한결 여유가 있는 편이다.

그래서 남는 시간을 소중한 취미 활동에 투자 중이었다.

맛집 탐방의 연장선으로, 수도 드룬타의 여기저기를 돌아다니며 온갖 먹거리 및 이름난 술 등을 찾아다니는 것이다.

기껏 되찾은 육체의 쾌락이다. 당연히 최대한 즐겨야 한다.

하지만 마음 내키는 대로 먹고 마셨다가 몸 망가뜨리기도 싫다.

그렇다면 최대한 맛있는 음식으로만 배를 채워야 하지 않겠는가?

"그런 의미에서 오늘의 간식은 소금물에 삶은 싱싱한 민물새우입니다!"

드룬타 근처를 흐르는 신다릴강에서 잡힌 놈들로, 고소하면서도 짭짤한 것이 드룬타의 시민들에겐 이미 잘 알려진 별미라고 했다.

다른 이들이 눈을 반짝거리며 몰려들었다.

"제 것도 있나요?"

"감사합니다!"

"내놔."

순서대로 세라티, 라피셀, 카르나크였다.

다 같이 정원에 모여 앉아 민물 새우를 까먹기 시작한다.

"냠냠."

새우 하나를 잡고 연신 입술을 오물거리는 라피셀을 보며 세라티가 빙그레 웃었다.

"많이 먹어, 라피셀."

문득 라피셀이 얼굴을 붉혔다.

"……이러다 살찌겠어요."

어이없어하며 바로스가 한마디 했다.

"네 평소 활동량을 보면 지금의 2배를 먹어도 살이 찔 것 같진 않다만?"

현재 라피셀의 하루 일과는 이렇다.

아침 먹고 집 청소하고 노는 시간.

점심 먹고 뒷정리하고 낮잠 혹은 노는 시간.

간식 먹고 저녁 식사 전까지 또 적당히 노는 시간.

얼핏 보면 하루 종일 게으르게 지내는 것 같지만, 문제는 저 '노는 시간'이 죄다 검술 수행으로만 이루어져 있다는 점 이다!

본인이 검을 휘두르는 걸 너무 좋아해 그저 놀이로만 여기 는데, 따지고 보면 실로 어마어마한 수련량인 것이다.

라피셀이 팔을 만지며 인상을 썼다.

"어쩐지 몸무게가 늘어난 것 같아서 그래요."

세라티가 실소를 흘렸다.

"그건 그냥 키가 커서 그런 거잖니?"

어느새 라피셀의 신장은 손가락 한 마디만큼이나 더 컸다.

갑작스럽게 성장했다기보다는, 원래 이 나이대에 이 정도는 크는 게 정상인데 그간 못 먹고 살아서 제대로 못 컸다는 쪽이 옳겠다.

워낙 카르나크와 바로스가 매 끼니에 진심이다 보니 라피셀 역시 혜택을 톡톡히 본 것이다.

'덕분에 하루가 다르게 검술 실력도 성장하는 것 같고 말이지.'

이 추세라면 조만간 제스트라드 영지에 오러 유저가 하나 더 늘어날 것 같았다.

사실 각성은 이미 했는데 육체가 따라 주지 않을 뿐이니까.

야금야금 까먹다 보니 순식간에 민물 새우가 동났다.

"잘 먹었습니다!"

감사 인사를 하며 라피셀은 새우 껍질을 착실히 모았다.

적당히 뒷정리를 한 뒤 저녁 식사 전 검술 수련을 할 셈이었다.

평소처럼 카르나크도 목검을 들고 나섰다.

"같이하자, 라피셀."

"네!"

과거의 카르나크는 곧 죽어도 절대 운동은 하지 않는 성격이었다.

머리가 모자라니 몸이 고생하는 것 아니냐가 그의 오랜 지론이었다.

하지만 회귀한 후로는 싹 달라졌다.

일단 목적이 확실하다.

최대한 건강하게, 오래오래 이 소중한 육체를 싱싱하게 유지해야 한다는 목적이.

데벤토르의 기사, 란돌프와 결투 재판을 치른 것도 전화위복이 되었다.

당시엔 정말 죽을 맛이었다.

야반도주하기 싫어 울며 겨자 먹기로 기사 흉내를 냈지만 용건만 끝나면 당장 때려치운다고 다짐하고 또 다짐했다.

그런데 그렇게 일단 기본적인 몸을 만들고 나니 이게 의외로 나쁜 기분이 아니었던 것이다.

운동 좀 해 본 사람들은 알겠지만, 처음이 어렵지 몸에 익히고 나면 꽤나 할 만해진다. 그리고 어느 정도 수준에 오르면 몸 움직이는 것도 생각보다 재밌다.

심지어 그는 육체의 감각이 그리워 시공 회귀까지 한 입장
이 아닌가?

'거참, 이 내가 몸 쓰는 재미란 걸 느끼게 될 줄은 몰랐는
데 말이지.'

그래서 틈틈이 시간 나는 대로 기본적인 검술 수련 정도는
해 주고 있었다.

오늘도 간단한 횡 베기, 종 베기 등을 연습하며 허공에 목
검을 휘두른다.

"헙! 타앗!"

옆에서 함께 검술을 수련하던 라피셀이 그런 카르나크를
빤히 바라보았다.

'역시 카르나크 님은 성실하셔. 마법사시면서 육체 단련도
하시고.'

물론 그녀도 카르나크의 검술이 영 부실하다는 건 알고 있
다.

하지만 어차피 실전에 써먹을 기술도 아니다.

'건강 유지용인데 저 정도면 준수하시지.'

그때였다.

갑자기 카르나크가 검을 역수로 바꿔 쥐며 허공으로 두 번
올려 베기 시작했다.

"타아앗!"

바로스에게 그 가혹한 굴림을 당하며 터득한 레번 스트라

우스의 비기, 오버 킬이었다.

검의 궤적이 제법 그럴싸하게 나와 카르나크가 쾌재를 터트렸다.

"좋아, 성공!"

라피셀도 순간 놀라 눈을 크게 떴다.

'어머, 저 기술은 제법 잘하시네.'

원래 둔한 인간일수록 기술 하나 익숙해지면 그것만 깊이 파는 법이다.

그나마 잘하는 기술이 그거밖에 없거든.

저 정도면 자신도 따라 할 수 있을 것 같았다. 라피셀도 슬쩍 흉내를 내 보았다.

"얍!"

카르나크가 그토록 연습하고 또 연습했지만 아직도 제대로 구사하지 못하는 오버 킬이, 단 한 번 보기만 한 그녀의 손에서는 완벽하게 재현되었다.

번쩍!

재차 검을 고쳐 쥔 뒤 라피셀이 고개를 갸웃거렸다.

'이상하다. 왜 이 기술은 이렇게 익숙한 느낌이 들지?'

＊

서서히 해가 저물어 간다.

카르나크의 전신도 어느새 땀으로 흠뻑 젖었다.

"이런, 저녁 먹기 전에 좀 씻어야겠네."

원래 이 시대의 가옥엔 욕실이 있는 경우가 거의 없다. 있어도 정말 귀족의 대저택에나 존재한다.

물을 길어 오는 것이 보통 일이 아닌 탓이다.

그러나 카르나크의 집에는 따로 욕탕이 구비되어 있었다.

이 사치스러운 인간은 일부러 물지게꾼을 고용하면서까지 수시로 몸을 씻는 호사를 누리고 있었던 것이다.

이유는 간단했다.

-물값보다 내 몸이 더 비싸!

물론 아무리 카르나크라도 매번 물을 펄펄 끓이는 사치까지 누릴 순 없었다.

하지만 그건 별문제가 아니었다.

일단 찬물을 욕탕에 받아 놓고 오른 손가락을 가볍게 수면에 갖다 댄다.

"히트 웨이브."

냉수를 뜨거운 물로 바꾸는 마법이다.

고기를 익힐 수 있을 정도로 뜨겁게 끓진 않아 조리용이나 전투용으로 쓰기엔 애매한 마법이지만 목욕물 온도 맞추기엔 그만이었다.

잠시 후, 욕탕 창문 너머로 나른한 목소리가 새어 나왔다.

"으어, 좋다~!"

부엌에서 저녁을 준비 중이던 라피셀이 묘한 표정을 지었다.

"세라티 언니."

"왜?"

"카르나크 님이랑 바로스 오빠 있잖아요."

"응."

"보다 보면 가끔씩 노인네 같아요. 왜일까요?"

"……그, 글쎄?"

카르나크 일행이 드룬타에 머문 지도 어느덧 열흘이 지났다.

그동안 델트로스 및 다른 마법사들이 사법의 대속자를 터득하는 데 성공했다. 더 이상 청은의 마탑에 갈 필요도 없어졌다.

슬슬 킹스 오더에 복귀할 때가 온 것이다.

마탑의 업무가 끝난 지 이틀째 되는 날, 에란텔 단장이 그를 호출했다.

"부르셨습니까, 단장님?"

당연히 다음 임무를 하달하려고 부른 줄 알았는데 어째 단장의 표정이 애매했다.

"자네, 알타스 상회라는 곳과 관련이 있다지?"

"그렇습니다만?"

"그 상회에 일이 생겼다고 하더군."

카르나크는 놀라지 않았다.

원래 부정적인 느낌은 꽤나 잘 맞는 그였다.

'어쩐지 감이 안 좋더라니.'

왜 아무 관련도 없는 킹스 오더에서 알타스 상회 이야기를 꺼냈는지 의아할 뿐이었다.

하지만 다음 이어진 말엔 놀라지 않을 수 없었다.

"나도 상인이 아니라서 대체 왜 이렇게 되는 건지는 잘 모르겠지만……."

영 이해하기 힘들다는 표정으로 서류를 들여다보며 에란텔 단장이 말을 이었다.

"자네가 이제 알타스 상회의 주인이라는데?"

"……네?"

사흘 전의 일이다.

드룬타에 위치한 달과 정의의 여신, 알리움 대신전에 신고가 들어왔다.

왕국 최대의 상단인 테카스 상회에서, 신흥 상회 중 하나인 알타스 상단이 사교에 물들었다며 고발을 해 온 것이다.

조사차 사람을 보냈고, 사실을 확인했다.

상회를 세운 오웬트 알타스의 진짜 정체는 검은 신의 교도였다.

그는 오래전부터 어둠 속에서 암약하며 아내인 에디아를 내세워 사교도에게 자금을 조달하고 있었다.

그런데 얼마 전 저 사실이 들통났다!

일곱 여신을 충실히 섬기는 테카스 상회에서 저 간악무도한 사교도들의 악행을 발견해 여신교에 신고했고, 처벌을 두려워한 에디아는 신관들이 들이닥치기 전에 남편과 함께 어디론가 잠적해 버렸다.

간악한 사교도를 그냥 둘 순 없으니 알리움의 신관들은 상회 이곳저곳을 이 잡듯이 철저히 뒤졌다.

모든 관련자들을 심문했고 장부와 서류도 싹싹 훑었다.

그 과정에서 예상 밖의 인물이 나왔다.

킹스 오더의 일원인 제스트라드의 영주, 카르나크 남작이 알타스 상회와 관련되어 있었다.

"이런 이유로 나한테까지 이 이야기가 들어온 걸세."

킹스 오더와 관련이 없는 일이긴 한데, 어쨌건 사교도가 얽힌 사건이고 당사자가 킹스 오더이니 아주 무시할 수도 없었을 것이란 게 에란텔의 설명이었다.

카르나크가 인상을 썼다.

"……설마 저도 사교도로 의심을 받는 겁니까?"

에란텔 단장은 고개를 저었다.

"그건 아닐세."

7여신교는 카르나크가 엄청나게 사령술사를 증오하며, 사령술을 세상에서 박멸하기 위해 노력한다고 알고 있었다.

그럴 법했다.

당장 알타스 상회에 투자한 돈조차 대사령술 전용 마법을 세상에 퍼뜨리는 과정에서 얻은 것이 아닌가?

단지 투자금의 액수가 문제가 되었다.

"알타스 상회의 투자자 중 자네가 가장 많은 지분을 가지고 있다더군. 그래서 상회의 처분에 대해서도 자네 의견이 필요하다는 거야."

이제 갓 생긴 신흥 상회에 금화를 천 닢이나 투자하는 정신 나간 투자자가 카르나크 말곤 없었던 것이다.

에란텔이 손에 든 서류를 건넸다.

"테카스 상회에서 보내온 것일세."

서류를 대강 훑어본 카르나크가 혀를 찼다.

"그러니까, 권리금 받고 상회 넘기란 소리네요?"

현재 알타스 상회는 주인을 잃고 붕 뜬 처지가 되었다.

하지만 그렇다고 상단이 망한 건 아니다.

여전히 교역 루트와 상업적 권리는 가지고 있는데 회주만 사라졌을 뿐이다.

테카스 상단 입장에선 매우 탐스러운 먹이가 아닐 수 없었다.

그래서 가장 지분이 많은 투자자인 카르나크에게 연락을 취한 것이다.

"자신들에게 알타스 상회의 권리를 넘기면 후하게 쳐주겠다는 내용이군요. 그 액수가…….."

순간 카르나크의 표정이 기묘해졌다.

"금화 2천 닢?"

아무 짓도 안 했는데 돈이 2배로 불어나 있었다.

"……대충 이런 이야기였어."

드룬타에 위치한 카르나크의 자택.

설명을 들은 바로스와 세라티가 어이없어하며 뇌까렸다.

"와, 무슨 투자의 마신이세요? 뭔 하는 일마다 죄다 마가 끼냐, 그래."

"어떻게 그렇게 남 팔자 조지면서 자기 이득만 챙길 수 있어요? 심지어 의도하지도 않았는데."

억울한 듯 카르나크가 입을 삐죽였다.

"저기, 이번엔 내 잘못은 없는 것 같은데?"

하긴 그렇다.

이번만큼은 분명 카르나크도 피해자다.

"그렇죠, 열흘 만에 돈이 2배로 늘어났을 뿐이죠."

"그래 놓고 피해자라고 하면 욕먹거든요."

말은 저렇게 했지만 두 사람도 이 사태가 마냥 좋아할 일이 아니란 건 알고 있었다.

단순히 금화 몇 푼 더 벌겠다고 한 짓이 아니다.

앞으로의 행보를 위해 유력 상회와의 장기적인 인맥과 영향력을 확보하고자 한 일이다.

가능하다면 어떻게든 수습하는 것이 최선이었다.

바로스가 믿을 수 없다며 중얼거렸다.

"에디아 씨가 정말 사교도일까요? 전혀 그런 분위기가 아니었는데."

"안 그래도 킹스 오더가 따로 조사를 해 봤다더라."

알리움 교단의 조사에서는 누락된 사실이 있었다.

"상회 하인들의 말에 따르면 남편인 오웬트가 멋대로 쳐들어와서 억지로 에디아 씨를 끌고 갔다더라고."

무슨 수를 썼는지 제법 전투력이 강해져서, 경험 많은 상단의 호위들조차 죄다 때려눕혔다고 한다.

"사령술 중엔 임시로 근력 높이는 거 많으니까 딱히 신기한 일도 아니지만."

당연히 에디아는 저항했지만, 씨알도 먹히지 않았다.

─어딜 감히 하늘 같은 남편이 시키는 일에 잔소리를 달아! 잔말 말고 따라와!

─인생의 진리를 가르쳐 준다는데, 멍청해서 배우지도 않고 말이야!

"대충 이런 식으로 윽박지르며 끌고 갔다고 하던데."

한심하다는 듯 세라티가 미간을 구겼다.

"의외로 흔한 유형이긴 하네요."

정황을 보건대 에디아가 남편과 결탁했을 가능성은 한없이 낮다.

그보다는 테카스 상회가 오웬트를 이용해 그녀를 제거했다는 것이 가장 합리적인 추측이다.

"애초에 신고자가 테카스 상회라는 시점에서 속이 뻔히 보이죠."

카르나크가 고민하며 물었다.

"그나저나 이제 어쩌지?"

두 가지 선택지가 있다.

이대로 금화 2천 닢 받고 깔끔히 이 사건을 정리해 버리는 것.

혹은, 끌려간 에디아를 구출해 도로 알타스의 상회주로 앉히는 것이다.

"에디아 씨를 구해 옵시다! 사람 목숨이 걸렸는데 두고 볼 순 없잖아요?"

"나중에 3대 거상까지 된다면서요? 그런 인재를 헐값에 포기할 순 없어요!"

참고로 전자가 바로스, 후자가 세라티의 발언이었다.

카르나크가 신기해하는 눈으로 두 사람을 바라보았다.

"……둘이 바뀐 거 아니니?"

바로스가 눈을 반짝반짝 빛냈다.

"그러게요? 나 많이 사람 됐나 보네."

반면 세라티는 급격히 좌절 중.

'내, 내가 어느새?'

부엌에서 설거지하며 엿듣고 있던 라피셀은 마냥 의아해할 뿐이었다.

'저게 무슨 소리지? 바로스 오빠는 원래 좋은 사람인데.'

╍╾╬╼╍

다음 날, 카르나크는 다시 킹스 오더 본부를 찾았다.

"그러니까……."

에란텔 단장은 그를 보며 난처한 표정을 지었다.

"알타스 상회의 전 회주를 구해 오겠다는 말인가?"

"예. 사교도를 상대하는 것이야말로 킹스 오더의 임무가 아닙니까?"

"틀린 말은 아니네만, 일의 경중이라는 게 있지 않나?"

킹스 오더의 주 임무는 왕족과 귀족 등의 고위층이 엮인 사교도 사건을 처리하는 것이다.

검은 신의 교단이 관련되었다는 이유만으로 모든 일에 뛰어들진 않는다는 소리다.

"그럼 제가 개인적으로 움직이는 건 상관없습니까?"

"그거야 자네 마음이지만, 지금은 좀 곤란하군."

킹스 오더는 충분히 바쁜 조직이다. 사소한 상회 사건 말고도 처리해야 할 일이 산더미처럼 많다.

그동안 카르나크가 워낙 열심히 활동했고 세운 공 또한 커서 여유 시간을 푸짐하게 주긴 했지만, 그것도 슬슬 다 떨어지고 있었다.

"아무리 자네라도 휴가를 너무 많이 썼어. 여기서 또 임무를 빠지는 건 허락할 수 없네."

"그러니까 단장님 말씀은……."

이럴 줄 알았다며 카르나크가 히죽 웃었다.

"왕족이나 귀족 등의 고위층이 엮인 사교도 사건이면 가능하다는 거죠?"

그가 품에서 웬 서류 하나를 꺼내 내밀었다.

"뭔가, 이게?"

받아 든 에란텔의 표정이 기묘해졌다.

어째 낯익은 인장이 서류 끝에 찍혀 있었다.

"로이드 왕자님의 직인?"

과장된 동작으로 카르나크가 어깨를 으쓱였다.

"실은 로이드 왕자님도 알타스 상회의 투자자셨지 뭡니까?"

이렇게 나올 줄 알고 미리 준비한 것이었다.

직인이야 예전에 로이드 왕자가 건네준 황금 인장이 있었고.

'이거 절대 쓸 일 없을 줄 알았는데 이렇게 쓰게 되네.'

어이가 없어 에란텔은 서류와 카르나크를 번갈아 바라보았다.

"……왕자님께서 자신이 투자자였다는 사실은 알고 계신가?"

"돈 벌어다 드린다는데 굳이 부인하실 것 같지도 않습니다만?"

"하긴, 딱히 나쁜 일을 하는 것도 아니긴 하지."

확실히 이런 식이라면 킹스 오더의 임무로도 손색이 없긴 하다.

"문제없죠?"

"없구만."

서류를 받아 챙기며 에란텔 단장이 쓴웃음을 지었다.

"잘 다녀오게."

에란텔 단장의 허가가 떨어졌다.

에디아 구출 작전은 정식으로 킹스 오더의 임무가 되었다.

이제 다음 순서는 그녀의 행방을 알아내는 일.

세라티가 의견을 냈다.

"드룬타 모험가 길드를 찾아가 볼까요? 쓸 만한 바운티 헌터를 고용하면 에디아 씨의 행방을 알 수 있을지도 모르잖아요."

바로스가 고개를 저었다.

"그건 너무 늦을 것 같은데요."

유력 귀족도 아니고 일반 시민 2명이 멋대로 사라진 것뿐이다.

이런 경우엔 추적에 상당히 오랜 시간이 걸린다.

아무리 빨라도 몇 달은 각오해야 한다.

"그렇게까지 시간 끌다간 기껏 남은 알타스 상회의 교역 루트도 다 날아갈걸요."

이번 일은 시간과의 승부이기도 했다.

적어도 한 달 안에 에디아를 제자리로 돌리지 못하면 테카스 상회에 팔아넘길 권리조차도 남아 있지 않게 되는 것이다.

"아, 그럴 필요 없어."

카르나크가 빙그레 웃었다.

"그냥 오웬트를 찾으면 되는 문제잖아?"

오웬트가 에디아를 납치해 갔으니 그놈을 찾으면 자연스럽게 그녀도 찾을 수 있다.

바로스가 어이없어하며 되물었다.

"아니, 그러니까 애당초 오웬트를 찾으려고 이 고민 중이잖습니까?"

"그걸 왜 고민을 해? 알 만한 놈이 있는데."

"누구요?"

"테카스 상회의 신고자."

"아……."

생각해 보니 그랬다.

시기적절하게 오웬트가 나타나 에디아를 끌고 갔고, 시기적절하게 테카스 상회의 누군가가 그 사실을 알아채 신고를 했다.

이렇게 타이밍 좋게 뒤집어씌웠다는 소리는 저들이 오웬트를 의도적으로 움직였다고밖에 할 수 없는 것이다.

"고발한 놈을 찾아서 오웬트의 행방을 물으면 되는 일이지."

"그가 오웬트의 행방을 알 거란 보장은요?"

테카스 상회는 그저 우연찮게 오웬트에 대한 정보를 얻었을 뿐이고, 이를 그냥 이용했을 가능성도 있긴 하다.

그런 바로스의 지적에 카르나크가 어깨를 으쓱였다.

"그건 그래. 물론 보장까진 할 수 없지. 하지만 꽤 가능성이 높은 이야기거든, 이거."

오웬트는 너무 쉽게 드룬타를 빠져나가 모습을 감췄다. 그것도 에디아라는 짐까지 데리고.

일개 소상인이 저지를 수 있는 짓이 아니다.

"누군가 조직적으로 도와주어야 가능하지."

어쩌면 테카스 상회 역시 검은 신의 교단과 관련이 있을지도 모른다.

사교도인 오웬트를 순순히 움직이려면 뭔가 관계가 있어야 할 테니까.

"뭐, 전부 추측일 뿐이야. 딱히 증거가 있는 건 아니지."

그래도 확인해 볼 가치는 있다.

"심문해 보면 알게 되지 않겠어?"

세라티가 눈살을 찌푸렸다.

"또 머리에 바늘 꽂으시려고요?"

"아니."

안 그래도 그녀에게 한 소리 들은 카르나크였다.

세상만사를 기억 조작으로만 해결하려 들지 좀 말라고.

"이번엔 좀 사람답게 굴어 볼 생각이다."

불신의 눈빛으로 세라티가 질문을 이었다.

"그렇게 하면 쉽게 실토하지 않을 텐데요?"

"왜?"

뭐가 문제냐는 듯 카르나크가 한쪽 눈을 치켜떴다.

"말했잖아? '사람'답게 굴겠다고."

깊은 밤, 제법 호화스러운 가구로 장식된 침실 한편에 40대 중반의 사내가 묶인 채 쓰러져 있었다.

꽤나 고초를 겪은 듯 전신이 상처투성이였다.

"으으, 으으으……."

신음하는 그를 정체불명의 인간 3명이 내려다본다.

머리부터 발끝까지 검은 로브를 뒤집어쓰고 시꺼먼 두건으로 얼굴까지 완전히 가려, 정체는 고사하고 남녀 구별조차 가지 않는 이들이다.

공포에 질린 사내가 힘없이 물었다.

"……당신들은 누구요?"

전날 밤만 해도 편안하게 침대에서 잠들었던 그였다.

그런데 눈을 떠 보니 꽁꽁 묶인 채 침실 바닥에 내동댕이쳐져 있었던 것이다.

"나한테 왜 이러는 거요?"

대답은 없었다.

그저 부지깽이를 다시 들어 올릴 뿐이다. 마법의 힘으로 시뻘겋게 달구어진 쇠 부지깽이를.

"제, 제발!"

자비를 빌었지만 소용없었다.

달구어진 금속의 열기가 신체 곳곳을 무자비하게 태웠다.

"으아아악!"

너무 아파 기절할 것 같은데, 너무 아파 기절도 할 수 없다.

발버둥을 치며, 묶인 사내가 악을 써 댔다.

"대체! 대체 내게 뭘 원하는 거요?"

여전히 대꾸는 없었다.

다시 한번 부지깽이가 뜨거운 열기를 내뿜으며 다가올 뿐.

"아아아아악!"

계속 이런 식이었다.

아무것도 묻지 않고, 뭔가를 요구하지도 않고, 묵묵부답으로 고문만 해 댄다.

미쳐 버릴 것 같았다.

'왜…… 대체 왜…….'

아무리 비명을 질러도 호위는 고사하고 하인 하나 나타나지 않았다. 아무래도 차음 결계가 펼쳐져 있는 듯했다.

그렇게 한참을 고문당한 후였다.

겨우 상대가 입을 열었다.

"테카스 상회의 드룬타 지부장, 매딩턴. 맞나?"

사내, 매딩턴의 두 눈이 휘둥그레 커졌다. 그가 허겁지겁 고개를 끄덕였다.

"예! 예!"

그토록 사람을 초주검을 만들어 놓고 이제야 신원을 물어본단 말인가? 잘못 찾아온 것이면 어쩌려고?

하지만 하도 고문을 당해서인지 저런 억울함 따윈 떠올리지도 못했다.

그저 상대가 말이라도 걸어 주는 것이 감격스러울 뿐이었다.

"묻겠다."

상대가 차가운 목소리로 질문을 이었다.

"오웬트라는 이름을 알고 있겠지?"

"압니다! 알타스 상회의 전 회주이지요!"

대꾸하면서도 매딩턴은 의아해했다.

왜 이 상황에서 오웬트가 나오는지 이해할 수 없었다.

"그대가 오웬트와 그의 아내를 알리움 신전에 고발했다 하더군?"

"그, 그렇습니다만?"

"하하하……."

어처구니없다는 듯 웃더니, 갑자기 호통을 친다.

"이교도 놈! 네놈이 감히 테스라낙 님의 신도를 해치고도 무사할 줄 알았더냐?"

그제야 매딩턴은 이들의 정체를 알 수 있었다.

'설마 검은 신의 교단?'

허겁지겁 그가 대답을 이었다.

"해치다뇨? 그들은 분명 제대로 도주했습니다!"

"오웬트와 그 아내의 행방을 알 수 없다. 필경 네놈이 죽여서 어딘가에 묻어 버렸겠지."

얼굴 가린 자들 중 1명이 섬뜩한 장검을 꺼내 들었다.

"테스라낙 님의 이름으로 천벌을 내리겠다."

"자, 잠깐만요!"

매딩턴의 안색이 창백해졌다.

"뭔가 오해가 있었습니다! 저도 테스라낙 님의 신도라고요!"

얼굴 가린 자들이 콧방귀를 뀌었다.

"우리가 바보인 줄 아느냐?"

"이런 상황에서 그런 거짓말이 먹힐 거라 생각하나?"

"검은 신을 섬기는 영광은 아무나 얻을 수 있는 줄 아는가!"

억울한 듯 매딩턴의 목소리가 커졌다.

"거짓말이 아닙니다! 검은 신의 이름으로 맹세합니다!"

묶인 두 팔을 버둥대며 애써 침실 한쪽 테이블을 가리킨다.

"저기, 저 서랍 안쪽에 이중 바닥이 있습니다! 찾아보십시오! 검은 신의 증표가 있을 겁니다!"

얼굴 가린 자 중 1명이 테이블 서랍을 열더니 뭔가를 꺼냈다.

테스라낙의 평신도임을 증명하는 작은 엠블럼이었다.

여신교에 발각되면 소지하는 것만으로 화형을 당할 불경한 물건이다.

"보십시오! 우리는 같은 교우란 말입니다!"

매딩턴이 안도의 한숨을 쉴 때였다.

냉랭한 목소리가 이어졌다.

"그대가 검은 신의 사도라면 어찌하여 교우인 오웬트를 배신한 것이냐?"

허겁지겁 매딩턴이 상황을 설명했다.

"처음부터 오웬트와 함께 꾸민 일이었습니다."

그는 알타스 상회를 차지해 테카스 상회 내의 입지를 더욱 높이고 싶었고, 오웬트는 자신의 아내를 검은 신의 교단으로 데려오고 싶었다.

둘의 목적이 일치해 이번 일을 꾸몄다는 것이다.

"그렇다면……."

영 믿기지 않는다는 말투로 얼굴 가린 자가 물었다.

"왜 오웬트와 에디아의 행방을 알 수 없는 것이냐?"

"그야 에트리얼의 형제들에게로 돌아갔으니까요!"

오웬트 부부는 에트리얼 왕국에 위치한 검은 신의 교단, 웰라드 지부로 향했다. 당연히 유스틸 왕국에서는 행방을 찾을 수 없는 것이다.

"거짓말이군. 그런 이야기는 들은 적이 없다."

"원래 우리 교단은 서로 정보 교류가 거의 없잖습니까?"

억울해하며 매딩턴은 오웬트가 향한 웰라드 지부의 위치를 알려 주었다.

"그곳으로 가서 확인해 보시오! 그럼 내 말이 사실이란 걸 알게 될 테니까!"

얼굴 가린 자가 천천히 고개를 끄덕였다. 그리고 갑자기 두건을 벗으며 방문 쪽을 돌아보았다.

"그렇다는군요."

방문이 열리며 한 무리의 사내들이 들어왔다.

"……어?"

순간 매딩턴의 눈동자가 동그랗게 변했다.

"수고하셨습니다, 카르나크 공."

"이런 간악한 놈이 감히 우릴 속이다니!"

낯익은 이들이었다. 전원 달빛의 문장이 그려진 법복을 걸치고 있었다.

며칠 전, 매딩턴 본인이 쪼르르 달려가 오웬트를 고발한 바로 그 알리움의 성직자들인 것이다.

"……으어어?"

＊

매딩턴은 그 자리에서 알리움 교단의 신관들에 의해 끌려

갔다.

헤어지기 전에 카르나크가 신관들에게 물었다.

"혹시 테카스 상회의 총회주도 사교도일까요?"

이게 일개 지부장의 독단인지, 테카스 상회 전체의 의향인지 알 수 없는 것이다.

혹여 테카스 상회 전체가 얽혀 있다면 카르나크 입장에서도 신경을 쓰지 않을 수 없었다.

'우리 구리 광산 딴 데 맡겨야 할지도 모르잖아.'

알리움의 신관이 신중한 표정으로 대답했다.

"아직 모릅니다. 이자는 아니라고 하고 있지만 정체를 숨기고 있을 가능성도 있으니까요."

사실이 밝혀지면 꼭 알려 주겠다며 신관들은 자리를 떴다.

카르나크 일행도 매딩턴의 집을 떠나 자택으로 돌아갔다.

밤거리를 걷다 말고 세라티가 슬쩍 말을 걸었다.

"저기, 카르나크 님."

"음?"

"왜 아무것도 묻지 않고 고문부터 하신 거예요?"

"그래야 딴생각을 못 하지. 일단 제정신 아니게 될 때까지 조지고 본 거야. 왜? 뭐가 이상해?"

"아뇨, 심문 자체는 크게 이상하진 않은데……."

정도가 심하긴 해도 고문 자체는 평범했다.

사람답게 굴겠다며 저 짓을 한 게 문제지.

"적어도 사람답게 구신 건 아니라는 자각은 하고 계셔야 할 것 같아서요."

최대한 이 인간의 상식을 정상에 가깝게 만들어 놓아야 인류의 미래도 평화로운 것이다.

카르나크는 의아해했다.

"이 정도는 남들도 다 하는 거 아냐?"

"그렇긴 한데, 잘한 짓이라고 여기지도 않죠. 이러실 바엔 차라리 머리에 바늘 꽂는 게 낫지 않았을까요?"

"그건 아니지."

무슨 수를 썼건 간에 오웬트의 행방 자체는 파악할 수 있었을 것이다.

하지만 이 경우에는 테카스 상회 드룬타 지부를 방해할 수 있다.

"이래야 나중에 에디아가 돌아와서 상회 재기하기도 편해질 것 아냐? 테카스 상회가 자기 일로 허둥대고 있을 테니까."

카르나크가 사람답게 굴었다고 자부하는 데는 나름의 근거가 있었다.

이 수법은, 알리우스가 강도로 변장해 사령술사를 색출한 방법을 응용한 것이다.

"세라티, 네가 그랬잖아? 헷갈릴 땐 그냥 좋은 사람들 따라 하라고."

좋은 사람(알리우스)의 행동을 따라 했고, 피해자를 생각해 가해자에게 벌도 주었으며, 좋은 사람들(알리움 신관들)을 불러다 확인도 시켰다. 심지어 잘했다고 칭찬도 받지 않았는가!

"이야, 내가 생각해도 이번엔 정말 훌륭하게 해냈다."

"그러게 말입니다, 도련님."

카르나크와 바로스가 히죽거리며 자화자찬을 시작했다.

그 모습을 보니 더욱 헷갈리는 세라티였다.

'어라? 인간답게 군 거 맞나?'

인간 같지 않은 놈들이 인간 흉내를 내고 있는데, 왜 저놈들이 아니라 인간에 대한 회의감이 드는 걸까?

'그, 그래도 에디아 씨를 구할 수 있게 되었으니까 잘된 거겠지?'

᪣

에디아의 행방을 알았으니 추적할 일만 남았다.

카르나크는 곧바로 추적대를 꾸렸다.

그와 바로스, 세라티와 라피셀로 이루어진 평소 일행에 1명이 추가되었다.

킹스 오더 7대대의 2급 심문관, 밀리아였다.

사적인 일이 아니라 엄연히 킹스 오더의 정식 임무인 만큼 심문관을 대동해야 하는 것이다.

혹여 들켜선 안 될 걸 들키면 어쩌냐고?

별문제는 없다. 그녀는 예전에도 킹스 오더 임무로 잘만 데리고 다녔다.

심지어 지금은 라피셀도 있다. 밀리아가 있건 없건 어차피 입조심, 행동 조심은 해야 할 처지였다.

"까짓거, 정 문제 생기면 머리에 바늘 꽂으면 그만이고."

당연히 세라티가 한 소리 했지만······.

"사람답게 구신다면서요?"

여전히 카르나크는 당당했다.

"저번에 한 번 사람답게 굴었으니 이번엔 좀 편하게 가도 되지 않을까?"

"대체 그 논리는 어디에서 나온 건데요?"

"편식은 몸에 안 좋으니까 선행, 악행 골고루 해야지."

"······이쯤 되면 어디서부터 반박을 해야 할지조차 모르겠네요."

저 흉악한 속셈도 모르고 밀리아는 좋아라 일행에 합류했다.

'역시 카르나크 대장님은 날 아끼신다니까!'

카르나크 밑에서 일하는 건 여러모로 얻는 게 많았다.

7대대에 배치된 후 밀리아의 평가는 많이 올랐다. 경험도 많이 쌓았고 또래 중에선 실력도 많이 늘었다.

속사정이야 어찌 되었건 본인에겐 좋은 일이었다.

밀리아의 합류로 가장 기뻐한 것은 잿빛 머리 소녀, 라피셀이었다.

"안녕하세요, 밀리아 신관님."

"처음 뵈어요, 라피셀 양."

라피셀과 밀리아의 나이 차는 고작해야 3~4살 정도.

20대 청년들 사이에 끼어 있던 라피셀에겐 처음 맞이하는 동년배인 것이다.

심지어 그중 두 놈은 내용물이 120년쯤 묵었다.

두 소녀는 금방 의기투합했다.

여행을 위한 짐을 싸며 뭐가 그리 재밌는지 쉴 새 없이 까르르 웃어 댄다.

카르나크 님이랑 바로스 경 노인네 같음!

가끔 서로 말없이 눈싸움함!

그런 주제에 밥이랑 술은 맛있는 것만 골라 먹음! 완전 편식쟁이들!

여관이랑 잠자리도 무진장 따짐! 그래서 따라다니는 건 좋음!

대충 이런 이야기가 활기찬 소녀들의 웃음 사이로 오갔다.

듣고 있던 카르나크와 바로스가 고개를 갸웃거렸다.

"쟤들은 뭐가 저리 신나서 저렇게 웃고 난리래?"

"뭐, 친해지니 보기는 좋구먼요."

짐을 전부 꾸려 말안장에 올리는 것으로 여행 준비가 끝났다.

일행을 돌아보며 카르나크가 진지하게 말했다.

"서둘러 에디아 씨를 구하러 가자. 사교도들 사이에서 무슨 고초를 겪고 있을지 몰라."

당연한 소릴 당연하게 했으니 라피셀과 밀리아는 전혀 이상하게 여기지 않았다.

"넵!"

"예!"

바로스와 세라티는 경악했다

[헉, 도련님이 웬일로 멀쩡한 소릴 다 하신대요?]

[누가 보면 진짜로 에디아 씨를 걱정하는 줄 알겠네요.]

뾰로통한 얼굴로 카르나크가 말 위에 올라탔다.

[이런 상황에서는 이렇게 말해야 하는 거 맞잖아? 나도 공부하고 있다니까 그러네.]

다른 이들도 말에 올랐다.

다섯 필의 말이 자택을 떠나 드룬타의 거리를 달리기 시작했다.

다음 권으로 이어집니다